DIE LETZTEN
AUFZEICHNUNGEN
AUS UDO POSBICHS DRUCKEREI

DIE LETZTEN
AUFZEICHNUNGEN
AUS UDO POSBICHS DRUCKEREI

VON
KATJA LANGE-MÜLLER

Kiepenheuer & Witsch

*Die Autorin bedankt sich beim
Deutschen Literaturfonds Darmstadt
für die Förderung dieses Buches.*

2. Auflage 2000

© 2000 by Verlag Kiepenheuer & Witsch, Köln
Alle Rechte vorbehalten. Kein Teil des Werkes
darf in irgendeiner Form (durch Fotografie, Mikrofilm
oder ein anderes Verfahren) ohne schriftliche
Genehmigung des Verlages reproduziert oder unter
Verwendung elektronischer Systeme verarbeitet,
vervielfältigt oder verbreitet werden.
Umschlaggestaltung: Rudolf Linn, Köln
Umschlagfoto: Rudolf Linn
Gesetzt aus der Walbaum Standard (Berthold)
bei Kalle Giese, Overath
Druck und Bindearbeiten:
Franz Spiegel Buch GmbH, Ulm
ISBN 3-462-02929-0

Hängen, nicht begnadigen.
Hängen nicht, begnadigen.

(Setzerwitz)

I

Den Himmel, zu dem ich hochsah, wann immer mir das Wort »frei« einfiel, verdunkelten an jenem Augustabend vor zwanzig Jahren riesige, schwer auf fußballfeldgroße Flachdächer herabhängende Wolken, in deren Unterseiten, oder sollte ich »Wampen« sagen, sich Antennen bohrten, Schornsteine stemmten. Nur die fransigen Ränder und ein paar dünnere Segmente der Wolken durchleuchtete krebsrot die sinkende Sonne; mit zusammengekniffenen Augen beobachtete ich das träge, organartige Pulsieren in den glühenden Schwachstellen dieser – vielleicht ja doch an ihren labilen Aggregatzuständen leidenden – Scheinkörper aus nichts als Staubpartikeln und dem ewigen H_2O der Pfützen, Bäche, Seen, Meere sämtlicher Länder, der Ozeane aller Kontinente, der Biotope unserer Welt.

Ich stolperte, fing, mit den Armen rudernd, gerade noch den Sturz ab und schaute von nun an wieder auf die Straße, deren Haus Nummer acht zu einem zweihundert Quadratmeter großen Erdgeschoßteil an einen privaten polygrafischen Betrieb vermietet war, der mich seit neunundzwanzig Tagen beschäftigte.

Ja, ich zählte die Zeit damals nach Tagen und die Tage nach Stunden, wie ein Soldat oder ein Inhaftierter, doch mit *dem* Unterschied, daß ich, wenn ich am Ende der jeweils acht Stunden Arbeit den Kittel auszog, diesen Werktag für Werktag garantierten Glücksmoment namens »Feierabend« hatte, und die Möglichkeit, mir auf dem Heimweg vorzustellen, daß ich am nächsten Morgen hoffentlich krank wäre, also zum Arzt gehen dürfte und dann zurück ins Bett.

Neun Jahre lang hatte ich meinen erlernten Beruf nicht mehr ausgeübt – und *aus*üben ist schon das richtige Wort für das, was ich in Udo Posbichs Druckerei tat: Ich »übte« das »Aus«, den Tag, an dem man mich wieder einmal fristlos entlassen oder ich, vor Scham über meine linkshändige Stümperei, von alleine aufgeben würde. »Mehr als das Gold hat das Blei die Welt geändert / Und mehr als das in der Flinte jenes im Setzkasten« – außer diesem Georg Christoph Lichtenbergschen Spruch, den ich während meiner Lehrzeit bei Ott, dem Berufsschullehrer im Fach Schriftzeichnen, zur Strafe für eine von eben diesem Ott höhnisch abgewiesene Hausarbeit, eine unleserliche Krakelei mit der rechts(!) angeschrägten, bambushölzernen Ato-Feder, zehnmal an die Tafel schreiben mußte, die quietschende Kreide in der »falschen« Faust, die lachende Klasse im Rücken, hatte ich alles vergessen. Ich konnte nichts mehr, weder den Winkelhaken einstellen noch wie selbstverständlich die richtigen Lettern greifen oder das verschiedene Blindmaterial auseinanderhalten, bloß alle paar Minuten entnervt auf den Schemel niedersinken, Zigaretten rauchen, die schmerzenden Zehen bewegen.

»Nicht rumstehen, setzen!« lautete das lustige alte Typografenwort, das mir nun wieder mindestens stündlich an den Kopf flog und noch nachts schaurig in den Ohren widerhallte. Hätte ich nicht gleich am ersten Tag meinen Facharbeiterbrief vorzeigen müssen, keiner meiner drei Kollegen hätte geglaubt, daß ich tatsächlich Setzer war.

Schon eine Woche später sagte Fritz »Püppi« zu mir, »Püppi, die einarmige blaue Elefantin«. Ein etwas komplizierter Spitzname, sicher, aber selbst ich empfand ihn als ziemlich zutreffend. Ich habe, unter einem Haufen pechschwarzer strähniger Haare, zwei bemerkenswert große Ohren, die, bei meiner hellen, gut durchbluteten Haut, wenn sie rot sind, und wann sind sie das nicht, bläulich oder eigentlich violett leuchten und die ich mit einer Art Kopfhautgymnastik auch zum Wackeln bringen kann, und weit auseinanderstehende kleine braune Knopfaugen im damals noch kindlich, wenn nicht sogar einfältig wirkenden, runden, flachen Gesicht, aus dem traurig eine lange fleischige Nase hängt. Ich bin kräftig gebaut, fast schon ein wenig plump, und gehe, obwohl oder gerade weil ich zudem hoch gewachsen bin, gebeugt, ja gekrümmt und trägen Schrittes auf meinen Plattfüßen. Das Adjektiv »einarmig« – und in einem weiteren, sich nicht allein auf meine Ohren beziehenden Sinn wohl auch das Adjektiv »blau« – sollten, denke ich, meine Schaffensmoral näher bezeichnen. Ich bin, wie ich schon erwähnte, Linkshänderin, setzte jedoch, weil das technisch anders gar nicht möglich ist, mit der Rechten, während mir meine – zumindest solange ich nüchtern war – doch etwas geschicktere Linke immerfort irgendwelche Zigaretten, Klappstullen und Bierflaschen zu Munde führte.

Der andere Akzidenzsetzer in der zweiten Gasse, Willi, ein greiser magerer Mensch, dessen Augen, Wangen, Lippen, Hände so tief grau waren, daß er aussah wie eine fleischgewordene Bleivergiftung oder richtiger wie zu einer Bleivergiftung gewordenes Fleisch, reichte die einfachsten Aufträge an mich weiter: Visitenkarten, Verlobungs-, Hochzeits-, Traueranzeigen, Einladungen, geringfügige Stehsatzkorrekturen. Doch selbst für solche Lappalien brauchte ich eine Ewigkeit.

Willi, der sich nur einmal am Tag die Hände wusch, in einer Steingutschüssel, aus der er morgens das strauchartige, unermüdlich blühende »Fleißige Lieschen« auf seinem Fensterbrett mit dem Waschwasser von gestern begoß, nahm, immer wenn ich ihn bat, mir zu helfen, eine meiner selbstgedrehten Zigaretten, schob mich zur Seite, so, daß ich ihm nicht auf die Finger sehen konnte, und brachte die Sache wortlos zu Ende. Überhaupt redete er nicht, mit niemandem. Tat er aber hin und wieder doch den Mund auf, dann nur, um in stets gleichbleibender Reihenfolge seine zwei kurzen Reime runterzuleiern wie ein batteriebetriebener Bleiblechwilli: »Schön ist ein Zylinderhut / wenn man ihn besitzen tut / Aber zwei Zylinderhüte / sind von ganz besond'rer Güte ... Wer Gott vertraut / und Bretter klaut / der hat 'ne bill'je Laube ...«

Ganz anders als Willi war Fritz, Fritz, der »harte, handflinke, vieläugige Maschinensetzer«, der »King of the Linotype«, der »zum Querulanten geläuterte Opportunist«, wie er sich gerne nannte.

Fritz war höchstens vierzig, eher drahtig als stark, nicht sehr groß, ziemlich aknenarbig im Gesicht, aber engelsblond. Mit diesem betlehemischen Strohdach auf dem Kopf, der groben, keksgelben Gesichtshaut, dem kühn gebogenen, meinem aber gar nicht ähnelnden Riechorgan, den fliederfarbenen dramatisch über den Rand der Lesebrille blickenden Augen hielt ich ihn für eine erstaunliche Gestalt, eine gelungene und doch irgendwie auch unglücklich geratene Mischung aus Andy Warhol, Klaus Kinski, Hans Albers und Heino.

Jeden Tag, etwa eine Stunde vor Feierabend, straffte Fritz zwischen den vier plexigläsernen Wänden der engen Zeilensetz- und Gießmaschinenkabine seinen Oberkörper, bis er baumgerade vom Hocker ragte, spreizte die Ellenbogen ab, ließ die Fingerspitzen über die Tastatur der Viermagazin-Linotype tanzen und heulte hingebungsvoll. Dann erinnerte er mich an eine Figur aus einem sowjetischen Zeichentrickfilm, einen Albinowolf, der von bösen, westlichen Wissenschaftlern in einem Terrarium gehalten wurde und sich selbst auf dem Klavier begleitete, zu einem wilden Schmachtfetzen von früher, als er noch der Schrecken der Tiere war, und die Tierheit noch unter sich.
»Warum machst du das?« fragte ich Fritz einmal.
»Weil ich muß!« war seine Antwort.

Fritz hatte ein gestörtes Verhältnis zur Zukunft. Es war wohl so, daß er nicht weiter denken konnte oder wollte als höchstens bis zum nächsten Morgen. So ging es ihm absolut gegen den Strich, für etwas Geld auszugeben, das jenseits des Augenblicks lag.

Weil man den Mitgliedsbeitrag im voraus entrichten mußte, war Fritz nicht in der Gewerkschaft, weil Willi die zwölf Mark für die warmen Gerichte, die uns jeden Tag in Aluminiumkübelchen von einer Großküche geliefert wurden, regelmäßig schon zum Wochenanfang kassierte, beteiligte sich Fritz nicht an diesem, wie er es nannte, »kulinarischen Spekulationsbetrug«, sondern ging in den Ein-Uhr-Pausen zur Würstchenbude neben der Druckerei, wo er seine »Curry mit Salat« grundsätzlich erst bezahlte, wenn er fertig gegessen hatte.

Fritz war kein besonders ängstlicher Mann. Er fuhr Fahrrad und haßte Automobile, damals schon.

»Warum«, so argumentierte er, »soll ich Scheine hinblättern für irgendeinen Mist, den ich möglicherweise gar nicht mehr erlebe? Da braucht doch bloß so ein dämlicher Lastwagen kommen, ein Schädelbruch, ein Herzinfarkt, ein Gehirnschlag, und schon haben diverse Leute Schulden bei einer Leiche.«

Daß es in der Welt, zumindest der europäischen, und so auch bei Posbich, üblich geworden war, den Lohn nur einmal im Monat einzutüten, nachträglich, für längst geleistete Arbeit, das ärgerte Fritz nun wirklich; darüber konnte er sich stundenlang aufregen. Und tatsächlich hatte Fritz, nur für sich allein, das Privileg von Abschlag und Vorschuß bewirkt. »Aus keinem anderen Grund«, sagte Fritz, »bin ich beim Privaten.« Aber das stimmte nicht ganz; zumindest einen weiteren Grund gab es schon noch, Fritz verabscheute nicht bloß Autos, sondern auch Autoritäten.

Bevor es Fritz zu Udo Posbich verschlagen hatte, war ihm von zwei staatlichen Großbetrieben gekündigt worden. Er hatte seine Abteilungsleiter und Meister so lange provoziert, bis sie die Grundfrage stellten: Wir oder der renitente, pessimistische, parteilose, gewerkschaftsfeindliche Maschinensetzer?

Fritz konnte auch Posbich nicht an seinem Plexiglashaus vorbeiziehen lassen, ohne ihn anzupflaumen. Und Posbich beherrschte sich mühsam, denn er zahlte schlecht, weil er, dem Staat und dessen erpresserisch hohen Gewerbesteuern zum Trotze, nun einmal seinen »bescheidenen Makulaturschuppen«, wie kein anderer als Fritz Posbichs Laden nannte, mit den alten Maschinen über Wasser, seine Gattin bei Laune und vor allem die eigene, so hart erkämpfte Kleinunternehmerstellung halten wollte, und dazu brauchte er einen guten Maschinensetzer, und der konnte keinen einfachen Charakter haben, sonst wäre er ja nicht bei Udo Posbich gelandet.

Obwohl er von Geld genausoviel redete wie vom Tod, war Fritz weder geizig noch furchtsam, im Gegenteil, er gab gern, »mit vollem Mund und feuchten Händen«, wie er es ausdrückte: Spott, Ratschläge, saure Drops und, wenn es ihm paßte, auch mal die eine oder andere Runde. »Bestellte Biere werden getrunken und dann – vielleicht – bezahlt«, sagte Fritz; das sei das Schöne an der Gastronomie, da wüßte man noch, wie schutzlos und gefährdet der Sterbliche ist.

Am Morgen meines dritten Montags bei Posbich, nach einem Wochenende, das ich, erschöpft vom fünfmaligen frühen Auf- und stundenlangen, andächtigen Stillstehen vor dem Fragment einer Tabelle, mit zwei Flaschen »Kreuz des Südens« allein im Bett verbracht hatte, lehnte ich wieder am Setzkasten und starrte halbwachen Blicks auf das Blech mit der rätselhaften Unvollendeten.

Ich erwog gerade, erst einmal zum Klo zu gehen und, entspannt hinter der verriegelten Tür sitzend, schön langsam ein Glas eiskalten Leitungswassers zu trinken, da hatte ich plötzlich den Geruch von Seife, Zahnpasta, Knoblauchwurst in meiner Nase, und die eines anderen, den ich so, aus dem Augenwinkel, nicht sehen konnte, berührte, stoßweise Ströme warmer Atemluft absondernd, das Innere meines rechten Ohrs. »Arme Püppi, du arme, einarmige blaue Elefantin, mein armer schwarzer Kater«, flüsterte Fritz.

Im Nacken und auf den bloßen Armen sträubten sich mir die Haare, ein schmerzliches Kribbeln lief meinen Rücken hinab, in die Furche zwischen den Pobacken; aus meinen Achselhöhlen rann Schweiß, mir wurde schwindlig. »Ist ja gut«, sagte ich zu Fritz, der jetzt auch noch anfing, mit der rauhhäutigen Kuppe seines Daumens durch den dünnen Stoff des Kittels hindurch meine Wirbelsäule abzutasten, entzog mich ihm und trabte, so schnell mein melancholisches Temperament es erlaubte, nun doch zu den Toiletten. Glücklicherweise gab es zwei, die eine extra für mich.

Als ich wiederkam, saß Fritz in seinem Kasten, und Willi war gerade dabei, meine von ihm fertig gebaute Tabelle auszubinden.

Dieser Montag war der Tag, den meine drei Kollegen, Willi, Fritz und Manfred, der seltsame Drukker, der Stimmen hörte, nämlich die seiner beiden Pressen, und ihnen in ihrer Sprache antwortete, zum Tag meines Einstands bestimmt hatten, weil Posbich an jenem Tage nicht da war, also nicht gefragt werden konnte, ob er vielleicht mit uns gehen wolle, denn es war ihm zuzutrauen, daß er »ja« gesagt hätte.

Wir setzten uns in die »Waldschänke« nahe dem S-Bahnhof. Während Willi und ich still unsere Biere schluckten, sinnierte Fritz Körner kippend halblaut darüber, warum man das Lokal »Waldschänke« und ihn »Fritz« genannt hatte, obwohl genausogut, ja eventuell nicht einmal gänzlich grundlos, er »Waldschänke«, die Kneipe hingegen »Fritz« heißen könnte. Manfred hielt mit der einen Hand sein rundes Stoppelkinn fest, malte mit dem Zeigefinger der anderen aus einer Pfütze heraus klebrig glänzende Spiralen und beobachtete uns durch ein Glas voll hellbrauner Faßbrause, an dem er sich die Nase platt drückte, denn er machte heute keine Ausnahme, was bedeutete, daß er neuerdings nicht nur seine Maschinen, sondern auch wieder seinen Arzt verstand, der ihm Alkohol verboten hatte, wegen der hohen Dosen Psychopharmaka, die eine Schizophrenie angeblich nur dann bessern, wenn der Patient selbst auf Schwachprozentiges ganz verzichtet.

Wir waren vielleicht gerade mal eine Stunde in der »Waldschänke«, da schauten vier Frauen zur Tür herein, standen einen Moment lang unschlüssig auf der Schwelle, sprachen kurz leise miteinander, gingen dann zu dem einzigen noch freien Tisch links vor der Theke, hängten ordentlich ihre Kostümjacken über die Rückenlehnen, nahmen Platz, winkten dem Zapfer.
Möglicherweise kamen die Frauen von einem Betriebsfest, denn sie hatten noch etwas Lippenstift an den Mundrändern und haarlackstarre, aber doch ein bißchen aus der Fasson geratene Friseurlocken. In den Händen hielten sie Blumensträuße, je drei asparagusumrankte, hängeköpfige Gerberas. Mit ihren fülligen Hüften, runden Wangen, müden Augen waren sie alle vier nicht mehr fünfundzwanzig, eben Frauen von der Sorte, die junge Männer damals »Muttis« oder »Althühner« nannten.

Seit die Frauen sich hingesetzt hatten, wirkte Fritz verändert; er schaute zu ihnen hinüber, verlor mitten in seinen Monologen den Faden, wartete für eine neue Lage auf meine Kosten nicht erst, bis der Zapfer kam, sondern lief bereitwillig Richtung Tresen, wo er dann lange rumstand, sich lauschenden Ohres fast den Hals verrenkte und die linke Flanke seines Körpers beängstigend schräg den Frauen zuneigte.

»Jetzt geht *das* wieder los«, sagte Manfred, und Willi nickte.

Die beiden klopften zum Abschied mit den Fingerknöcheln auf das Holz der Tischplatte, nahmen ihre Taschen, ließen mich sitzen.

Fritz schob einen Stuhl für sich zwischen die Frauen. Ich trank wehmütig kleine Schlucke von Manfreds warm gewordener Faßbrause. Als ich wieder aufblickte, weil ich helles Gelächter hörte, mimte Fritz gerade den Kellner alter Schule. Stehend, die Lider devot gesenkt, nahm er kelchförmige Gläschen von einem ovalen Tablettchen, dessen Boden die Plasteimitation eines Spitzendeckchens schmückte, und verteilte, ölig grinsend wie ein Rummelweihnachtsmann, grüne, rote, gelbe Liköre.

Ich konnte nicht mehr hinsehen. Ich stand auf, streckte mich, nahm den vollgestrichelten Bierdeckel und schritt steifbeinig zum Tresen. »Zahlen bitte«, sagte ich laut – und hatte im nächsten

Moment Fritzens schweren Arm um den Hals; wieder kitzelte sein Atem das Innere meines Ohrs. »Aber Püppi«, flüsterte Fritz, »jetzt, wo es interessant wird, willst du abhauen?«

Die Frauen lachten, rückten noch enger zusammen, und eine, eine kräftige, vollbusige Brünette, brachte mir den Stuhl, den ich soeben verlassen hatte.

Das Gespräch drehte sich, wie nicht selten, wenn Frauen länger beieinander sind und auch noch saufen, um Entbindungen.
»Ich«, sagte die eine, die sie Karla nannten, »habe achtundvierzig Stunden lang auf dem Rücken gelegen wie ein Frosch in der Sonne.«
»Und ich«, sagte eine andere, deren Name aus irgendeinem Grunde nicht fiel, »habe gespien wie ein Gartenschlauch. Ich habe die Wehen gar nicht gespürt, so übel war mir.«
»Mein Mann«, erzählte die üppige Irene, die den Stuhl für mich geholt hatte, »will immer alles ganz genau wissen, deshalb mußte er sich, gleich nachdem unser Benjamin geboren war, die Hebamme greifen, eine bärenstarke Person mit schwarzen Haaren auf der Oberlippe, die zu mir aber richtig lieb gewesen war, und sie fragen, wie das denn sei, ein Kind kriegen. Und wißt ihr, was die geantwortet hat?! Junger Mann, sagte sie, stellen Sie sich

mal vor, Sie bekämen einen Einlauf von drei Litern gepfeffertem Glyzerinseifenwasser und anschließend würde Ihnen der Arsch zugenäht.«

Die Frauen quietschten vor Vergnügen. Auch Fritz wischte sich mit dem Handrücken die Lachtränen aus dem Gesicht, das ganz weich geworden war, so teilnahmsvoll strahlte er Irene an, so zärtlich vertiefte sich sein Blick in die Haarlacktröpfchen, die auf ihren Schläfenlöckchen funkelten wie der liebe Abendtau auf dem Fell eines Rosettenmeerschweinchens.

»Ja«, sagte Fritz, ungewohnt und wohl auch ungewollt leise, aber so grabestief, spröde, heiser, daß die Frauen, verblüfft ob des Mißklangs oder weil jetzt der Mann den Mund öffnete, sich mitten in ihren Sätzen unterbrachen. Die einander übertönenden und manchmal ergänzenden, hellen, aufgeregten Stimmen verstummten; bloß noch Fritz war zu hören: »Menschen zur Welt bringen, das ist das Größte. Das allein ist wirklich ein Wunder, für das es sich lohnt, zu leben und zu leiden. Ich weiß das – so gut wie ihr.«

»Na, na«, summte Karla besänftigend, doch keine sonst reagierte.

Fritz sah uns allen, einer nach der anderen, aus nachtschwarzen, bis an die Irisränder geweiteten Pupillen in die Augen; seine Hände hielten die Tischkante umklammert. Wir spürten, es war ihm todernst.

Was Fritz nun hervorbrachte, klang wie ein längst fälliges, vielleicht auch schon öfter abgelegtes Geständnis.

»Es begann vor zwei Jahren, am Kreuz; nein, viel früher. Immer, so weit ich zurückdenken kann, fühlte ich mich einsam. Aber nicht einfach bloß alleine, wie jeder manchmal, sondern eher im Gegenteil, mir fehlte kein fremder Mensch, nicht einmal ein anderer; ich war doppelt und gleichzeitig einer zu wenig. Obwohl ich den kompletten Satz Körperteile hatte und nicht entstellt war, also nach außen hin ein stinknormaler männlicher Mensch, fand ich mich irgendwie reduziert, halbiert, getrennt von mir. Mich selber vermißte ich, *mich* selber, der *ich* selber war, mein lebendes Spiegel-, Gegen-, Ebenbild. In meinen Träumen war ich immer zu zweit mit mir. Ich lief neben mir über eine Wiese. Ich fragte mich etwas und antwortete mir. Ich saß nachts auf der Kante des Bettes, in dem ich lag, und hatte Angst vor mir.
So ging das all die Jahre. Ich lernte Handsetzer, wurde bald Maschinensetzer.

Dann fing das mit dem Kreuzweh an. Erst dachte ich, es käme vom vielen Sitzen und Sichbücken, vom Bleidampf, was wußte ich woher. Doch eines Abends zu Hause, ich hatte seit langem wieder einmal meine Frau umarmt, und sie streichelte im letzten Moment meine Rückseite, da fuhr sie mit den Fingerspitzen über eine Stelle rechts neben meinem Beckenknochen, die schmerzte wie eine Wunde. Später stellte ich mich nackt vor den Spiegel, verrenkte mich, bis ich es sehen konnte. Es war ein daumennagelgroßes ovales Loch. Wie eine Fischaugenhöhle, die Freßluke einer Seepocke, der Trichter eines kleinen Vulkans saß es in einer harten, unbeweglichen Beule. Natürlich bin ich am nächsten Tag zum Arzt gegangen. Der beguckte sich das, sagte, er wüßte nichts Genaues, verschrieb mir eine Salbe, die stank, wirkte aber nicht, jedenfalls nicht dagegen. Der dicke Knubbel und das Loch wurden größer; um die Stelle herum erschienen feine Furchen, richtige rosa Dehnungsstreifen. Ich wechselte den Doktor, das Loch wuchs weiter. Als es schon fast so groß war wie eine Scheibe Knoblauchwurst, ließ ich mich in die dermatologische Klinik einweisen. Es gab neue Salben, Puder, Bäder, Spritzen sogar, nur eine genaue Diagnose, die gab es nicht. Ich machte mich nützlich, bezog mit den Schwestern die Betten, verteilte die Fieberthermometer, weil es mir ja relativ gut ging, und außerdem durfte ich mir einiges mit ansehen, ziemlich Scheußliches allerdings. Ich will euch gar nicht beschreiben, wie häßlich manche dieser armen Patientenschweine waren. Bei einem Mann hatten sich die Knorpel in seinem blauroten trüffelartig wuchernden Zinken einfach aufgelöst, der sah oben schlimmer aus als mancher unten. Einer, sie nannten ihn ›Grotte‹, hatte Hunderte von Hautzipfeln im Gesicht, wieder ein anderer mutierte zu einer Art Feuersalamander und behauptete, das käme alles vom bösen Blick einer Kröte in seinem Kartoffelkeller. Keiner konnte denen helfen. Aber auch ich erntete nichts als gleichgültige Ratlosigkeit. Bis eines Tages nach der Visite ein Konsultant von der Chirurgischen Station argwöhnische Blicke auf meine Lende warf. Er habe da einen Verdacht, sagte dieser Spezialist, und daß es, wenn sein Verdacht zutreffen sollte, etwas ganz Seltenes sei, das schnell operiert werden müßte.

Und tatsächlich, die Röntgenbilder brachten die Wahrheit ans Licht, die des Doktors, und meine, die mich all die Jahre bewohnt hatte, gestaltlos, nur als Irritation, als dumpfes Bangen und Hoffen: Zwischen Steißbein und rechtem Hüftgelenk, hinter dem großen Streckmuskel, verborgen in der tiefsten Tiefe meines Beckens, trug ich seit meiner Geburt meinen Zwillingsbruder mit mir herum.

Während der letzten Monate habe er sich, was beim parasitären Zwilling sehr wohl schubweise vorkäme, aber noch nie über die Grenze zu einer schon nicht mehr rudimentären Phase hinaus beobachtet worden sei, aus bislang unklaren Gründen plötzlich ein kleines Stück weiterentwickelt oder auch bloß verändert, daher die Lochbeule. Der Doktor bestätigte, was ich so oft geträumt hatte, nämlich daß es ausschließlich eine Art Bruderembryo sein konnte, allerhöchstens etwas wie ein Fötus, der jedoch, so wenig vollendet, allein am entsprechenden Chromosomensatz als maskulin identifizierbar wäre. Denn diese raren Fälle parasitärer Zwillinge gebe es bloß bei eineiigen Geschwistern, deren Geschlecht immer gleich sei, genau wie ihr Erbmaterial. Irgend etwas, meinte der Doktor, sei schiefgegangen, als sich die befruchtete Eizelle geteilt habe. Die Mediziner kennten die unterschiedlichsten Varianten mißlungener Spaltung der Keimanlage im frühen Stadium, gerade bei Gemini, die von älteren Müttern ausgetragen würden – oder eben nicht, wenn sie, die Ärzte, es verhindern könnten ...«

»Jetzt habe ich aber genug von deiner doofen Zwillingsarie«, sagte an dieser Stelle ausgerechnet Irene, der allein Fritz, seit er das Wort, und mit ihm zumindest auch mich, ergriffen hatte, konzentriert wie ein Schlangenbeschwörer in die blau ummalten Augen starrte.

Irene stand auf, nahm ihre Kostümjacke, ihre welken Blumen, legte einen Zwanziger zwischen die leeren Likörgläser. Die drei anderen Frauen erhoben sich ebenfalls, Karla hielt Fritz ihre Hand hin. »War nett, Sie kennenzulernen«, sagte sie eisig. Fritz nahm die Hand nicht. Überhaupt tat er so, als sei er gar nicht mehr anwesend.

Die Frauen hatten die »Waldschänke« bereits verlassen, da blies Fritz noch immer in die Glut seiner Zigarette. Ich sah, daß der »King of the Linotype« mit den Tränen kämpfte, bestellte zwei Doppelte, legte meine Hand auf seine und flüsterte: »Komm, erzähl' weiter, aber leise.« Fritz trank seinen Schnaps, dann auch noch meinen, räusperte sich und nahm den Faden da wieder auf, wo Irene ihn abgerissen hatte.

»Bevor ich dem Chirurgen erlaubte, meinen Zwillingsbruder aus mir herauszuschneiden, mußte er mir versprechen, daß er ihn nicht wegwirft; das war ja schließlich mein Bruder und kein morscher Backenzahn. Nachdem ich aus der Narkose erwacht war, habe ich die Schwester gebeten, mir mein Brüderchen zu bringen. Ich fing an zu weinen, als ich das sah. Die Schwester behielt es in der Hand; es lag auf einer Mullkompresse. Sie hatten es irgendwie gewaschen, jedenfalls war kein Blut dran. Es ist etwa so groß wie ein Tannenzapfen und ähnelt einer Kokosnuß oder einem dunklen Stück Fell. An der einen Seite hat es eine unregelmäßige Ausbuchtung, vielleicht so etwas wie den Ansatz zu einer Kralle. Ich war erstaunt, daß es schwarzbraun war, wo ich doch blond bin. Ich habe es mir in Formalin legen lassen und ihm den Namen Otto-Fritz gegeben, weil ich ja Fritz-Otto heiße. Schwör mir, dich nicht zu ekeln, und du darfst ihn dir ansehen.

Ich weiß, das ist eine saublöde Geschichte, sie hat mich aus der Bahn geworfen. Ich bin nicht mehr der, der ich mal war. Manchmal, wenn ich ein paar Schnäpse intus habe, suche ich die Gesellschaft von Frauen, Müttern, denn die verstehe ich und fühle mich verstanden von ihnen, jedenfalls solange ich nichts erzähle. Seit ich Otto habe oder los bin oder beides, denke ich jeden Tag, jede Stunde darüber nach, daß es genausogut – für ihn, und schlecht für mich – auch andersherum hätte kommen können. Dann stünde vielleicht jetzt ich als Feuchtpräparat bei Otto neben der Schale mit den gemischten Wachsfrüchten auf dem Vertiko in der Wohnstube.«

Fritz griff nach einem der Biergläser, trank die Neige aus, setzte das Glas hart auf der Tischplatte ab, winkte dem Zapfer. Ich bestellte noch einmal Schnaps und Bier. Fritz schaute mich nicht an, aber ich ihn. Seine Augen glühten fiebrig, die Lider waren verquollen wie das ganze gerötete Gesicht. Von nichts gebremst rollte eine Träne am linken Nasenflügel vorüber und dann zwischen die Bartstoppeln.

Ich begann Fritz den bloßen Unterarm zu streicheln, küßte seinen Hals, seine Wange. Ich weiß nicht, ob ich Fritz nur trösten wollte. Mir war auch zum Heulen, sicher nicht allein von den vielen Körnern, die zweifellos wirkten, auf die eine oder andere Art. Fritz umfaßte meinen Nacken, zog mein Gesicht an seine Brust; um mich herum wurde es so, wie ich es am liebsten habe, feucht, warm und dunkel.

Irgendwann war Schluß in der »Waldschänke«. Fritz hielt ein Taxi an, das uns eine Weile durch die Nacht fuhr.

Als ich vor seiner Haustür die Schuhe abstreifte, sagte Fritz: »Du mußt nicht leise sein. Meine Frau ist schon lange ausgezogen.« Ich lachte und sagte: »So, ausgezogen ist sie? Na dann wollen wir aber auch fix die Hüllen fallen lassen und uns dazulegen.« Fritz zuckte nicht mal mit einem Mundwinkel, wohl um mir zu zeigen, wie sehr ihm mein flacher Witz auf die Nerven ging, gerade jetzt.

Die Wohnung roch ein wenig nach Staub. Fritz faßte meine Hand und ging mit mir in ein großes Zimmer. »Schau«, sagte Fritz, »da ist Otto.«

Das, was Fritz »Otto« nannte, ruhte am Grunde eines versiegelten Zylinderglases, war wirklich eiförmig, dunkel, bepelzt und hatte an einer Seite zwei oder drei undefinierbare Knubbel, doch eklig fand ich es nicht. Und tatsächlich stand dieses Glas auf einem langen Gründerzeitmöbel, aber nicht neben einer Schale mit künstlichem Obst, sondern zwischen zwei Bierpullen, denen vertrocknete Nelken zu den Hälsen heraushingen.

Fritz entnahm der Anrichte Kognakschwenker und eine halbvolle Flasche »Goldkrone«. Ich umarmte ihn, drückte meinen Schenkel gegen seinen Schoß, küßte ihm durchs Hemd den Bauch. Fritz legte mir eine Hand auf den Kopf, nicht unbedingt lieblos. »Ach Püppi«, sagte er, »gib dir keine Mühe. Seit der Sache mit Otto ist Ruhe bei mir, wenn du verstehst, was ich meine.«

Mir war, als sollte ich mich augenblicklich auflösen, aber obwohl ich mir Mühe gab und sowieso immer aussah wie ein Schluck Wasser, konnte ich seltsamerweise nichts Flüssiges aus mir herauspressen.

Fritz stieß mir die Kante eines Stuhls in die Kniekehlen, so, daß ich mich hinsetzen mußte, schraubte den Verschluß von der Flasche und goß ein. »Nimm mal einen Schluck Weinbrand, das hilft«, sagte er.

Ich griff nach dem Kognakschwenker und hielt ihn mir vors Auge; verzerrt durch die Wölbung des Glases und verdunkelt vom Braun des Fusels sah das Ottohafte, wenngleich noch immer nicht menschlicher, so doch wenigstens einigermaßen animalisch aus, ein bißchen wie eine tote Spitzmaus ohne Schwanz.

Als ich wieder zu mir kam, lag ich auf dem Kokosläufer unterm Tisch neben der leeren »Goldkrone«-Flasche, und Fritz, dürftig bedeckt mit meinem Sommermantel, in einem alten Sessel, Hände und Kopf auf der einen Lehne, die bloßen Füße auf der anderen, wie ein zu groß gewordener Hund in seinem klein gebliebenen Körbchen. Doch anders als jeder Hund schlief er fest und tief, denn er merkte nicht, daß ich ihm meinen Mantel wegnahm und, die Tür suchend, erst den Stuhl umwarf, dann die Flasche, die schwungvoll Richtung Fritz rollte, aber von der Kokosläuferkante gestoppt wurde.

Seit dieser Nacht hielt Fritz, wenn er meine Gasse kreuzte, fast hörbar den Atem an. Er mied mich nicht demonstrativ, sah sogar manchmal zu mir herüber – und weg, sobald er merkte, daß ich es merkte. Möglicherweise schämte er sich, fühlte sich entzaubert, verraten, von sich, durch mich. Vielleicht war er sich nicht sicher, ob ich ihn schon aufgegeben hatte als Mann und ob er überhaupt wollte, daß ich ihn nicht wollen sollte. Vielleicht glaubte er sogar, ich könnte denken, für sein sexuelles Desinteresse, ja selbst seine folgenlose Anarchie, sei das arme eingeweckte Ottomäuschen nur eine – nun wirklich verdammt faule – Ausrede. Aber wahrscheinlich war es ihm bloß peinlich, daß er mich an die Brust und später sogar ins Vertrauen gezogen und mir seine bizarre Leibesfrucht gezeigt hatte, die er, da bin ich mir fast sicher, jeden Tag stolz in einen Puppenwagen gelegt und spazierengefahren hätte, wenn er nicht doch den Spott gefürchtet hätte, besonders den der Frauen, zu denen schließlich selbst ich gehörte, »Püppi, die einarmige blaue Elefantin«.

Ich war kaum weniger verlegen und außerdem enttäuscht und beleidigt. Wie gerne hätte ich nicht nur geschwärmt für diesen Fritz, der, wohl weil er mich an ein anderes erinnerte, meine Ähnlichkeit mit einem Tier erkannt hatte. Aber er mußte sich ja unbedingt in diese exotische Brudermutterrolle wickeln wie ein Transvestit in einen Sari, und mir fehlte der Mut, ihn da wieder rausholen zu wollen. Warum sollte einer, der die operative Befreiung von seinem allein nicht lebensfähigen Zwillingsparasiten mit einer Art Kaiserschnittgeburt verwechselte, scharf sein auf eine Frau? Und dann noch auf eine, der – mangels besserer Trümpfe – nichts weiter übrigblieb, als auch die Mutter zu markieren, eine dicke graue Mutter, die heuchelte, was man von ihr erwartete: Verständnis, Mitleid und Trost.

II

Ganz in der Nähe donnerte es.

Ich erinnerte mich daran, daß ich noch immer unter freiem Himmel die Straße entlanglief, und schaute hoch. Die Wampen der – wohl vom Donner gerührten – Wolken schienen ein wenig zu beben, schon durchpfeilte ein Blitz die größte und schwerste, und womöglich auch die Sonne, die sich in dem schwarzroten Wasserdampfgebilde verkrochen hatte und nun verlosch wie ein Brikett in der Waschküche. Die ersten Regentropfen schlugen aufs Pflaster, lauter als Knallerbsen.

Ich flüchtete unter die Markise eines Blumenladens, lauschte dem Donner, sah dem Wolkenbruch zu und den Blitzen und zwei wie nackt in ihren dünnen Kleidern klebenden Frauen, die sich Plastetüten über die Köpfe gestülpt hatten. Nun hatte die eine schlauerweise zwei Gucklöcher in ihre Tüte gerissen oder gebissen, was ihr wahrscheinlich ein absurd-finsteres, irgendwie Ku-Klux-Klan-artiges Aussehen verpaßt hätte, wenn sie nicht die andere, der ihre unversehrte weiße Tüte über Augen, Nase, Mund bis auf die Schultern gerutscht war, an der Hand hinter sich hergezogen hätte, sich immer wieder schimpfend nach ihr umdrehend wie nach einem Kleinkind, das bockte und stolperte, weil es ihm keinen Spaß mehr machte, Gespenst oder Blindekuh zu spielen.

Ich beobachtete noch, wie die Gezogene sich los- und die Plastetüte vom Haupt riß, dann allein über die Straße rannte und im Cafe »Idyll« verschwand. Dankbar für den Vorschlag, wollte ich schon den gleichen Weg nehmen, da streifte ich mit der Wade eine Topfpflanze, die, neben anderem Grünzeug, vor der Schaufensterscheibe am Boden stand. Es war ein prachtvolles Geseriengewächs, eine Gloxinie mit vielen runden, saftigen Blättern und ganzen Büscheln von noch geschlossenen und einigen weit geöffneten, außen porzellanweißen, innen aber weinroten, rosagesprenkelten Blüten, und es war – das mag nun so blöd klingen, wie es will – Liebe auf den ersten Blick.

Ich drückte die Gloxinie ans Herz und betrat den Laden. Der Blumenbinder, ein grauhaariger, hohlwangiger Mann in einer fabrikneuen Nylonkittelschürze, diesem taubenblauen dreiviertellangen Standardmodell für Handwerks- und Industriemeister, das auch

Posbichs Cheferkennungsmerkmal war, saß hinter einem Tisch, auf dem, verstreut zwischen Schere, Draht und Buchsbaumresten, die Teile eines Wekkers lagen. Während der Alte mit einem Puderpinsel die Rückseite des Zifferblatts fegte, überflogen seine wässrigen Augen die Pflanze, die ich ihm entgegenhielt, stolz lächelnd, als sei ich hier der Verkäufer und er die Kundin. Am rhythmischen Hacken seines Kinns sah ich, daß er die Knospen zählte. »Die kostet zweiundzwanzig«, sagte er, in einem Tonfall, der jeden Gedanken ans Runterhandeln verscheuchte. Zweiundzwanzig Mark, das fand ich unverschämt viel für einen Blumentopf, doch ich hatte meinen ersten Lohn in der Tasche, und wenn Fritz gewollt hätte, wären wir, da ja Freitag war und zudem Zahltag, wie es Setzersitte war an jedem Zahltag, der auf einen Freitag fiel, nach der Arbeit noch in die Kneipe gegangen, wo ich dann wahrscheinlich mehr Geld losgeworden wäre. Aber Fritz hatte nicht gewollt, sicher weil er befürchtet hatte, am Ende wieder allein mit mir bei den Schnäpsen zu sitzen.

Ein langes stilles Wochenende erwartete mich; ich würde im Bett liegen, samt den obligatorischen zwei Flaschen »Kreuz des Südens«, meine Gloxinie am Fenster stehen, Leitungswasser trinken und blühen, blühen, daß mir die Tränen kämen. – Ich nahm die Gloxinie.

Als ich den Laden verließ, schaltete sich die Straßenbeleuchtung ein. Auf dem regennassen Asphalt spiegelte sich jenes sanfte gelbe Licht, von dem ich nicht weiß, wo es das heute noch gibt. Existierte ein solcher Ort, und ich erführe davon, ich legte augenblicklich alles aus der Hand, um dort hinzureisen, mir ein Zimmer zu mieten und Nacht für Nacht die Laternen anzustarren, bis es Morgen würde.

Wegen des schönen gelben Lichts, doch auch weil die Luft seit dem Gewitter so klar war und ich außerdem befürchtete, daß meine Pflanze im Gedränge des Berufsverkehrs Schaden nehmen könnte, beschloß ich, zu Fuß nach Hause zu gehen.
Nach Hause, zu Hause; ohne Rücksicht auf die sentimentalen Assoziationen, die diese Wörter mitunter hervorrufen, bedeuten sie – freilich formelhaft verkürzt, wie etwa auch die Grüße »Morgen« oder »Tag« – eigentlich nur: Nach (dem) Hause gehen, zu (dem) Hause (gehörig) sein. So gesehen, war die Bruchbude, in der ich damals hauste, durchaus ein Zuhause, denn sie befand sich in einem Haus, genauer einem dritten Hinterhaus, erster Stock links. Das Haus wiederum stand in einer Gegend, über die Jahrzehnte später das – nicht völlig aus der Luft gegriffene – Gerücht kursierte, sie sei dereinst die Wiege einer literarischen Avantgarde gewesen.

Am Wegesrande kaufte ich noch die zwei Flaschen meines schon mehrfach erwähnten Favoriten unter den heimischen Branntweinmarken, Tabak, Bier, Leberwurst und Äpfel, und nahm mir, nicht wissend, ob diese Erwerbungen die richtigen Voraussetzungen dafür schufen, vor, den Maschinensetzer Fritz zu vergessen, wenigstens bis Montag früh.

Ich erwachte aus einem Traum, in dem ich mich staubig, matt, ausgedörrt über einen Brunnen beugte. Doch das Wasser, in das ich, weil ich aus irgendeinem Grund, den der Traum für sich behalten hatte, diesmal nicht nur einarmig, sondern gänzlich armlos war, Nase und Lippen tauchte, schmeckte scharf wie schlechter Schnaps.

Als ich endlich aufgestanden war, sah ich, daß die Sonne ihren Zenit bereits wieder verließ. Noch bevor ich in die Küche ging, meinen Durst, richtiger meinen Brand, zu löschen, zog es mich zu der Gloxinie, die glücklicherweise genug Schatten bekam, denn das Fenster, an dem ich ihr Platz gemacht hatte, lag in der Ecke zum Seitenflügel unter einem baupolizeilich gesperrten kleinen Balkon. Ich streichelte die Blätter, die sich samtweich und lebendig anfühlten, wie kurzgeschnittenes

Kinderhaar; und natürlich hatte die Hitze etliche Knospen auf einmal geknackt. So lugten nun, neben den tiefroten Blütenkelchen, die mich schon gestern begeistert hatten, etwas heller und zarter auch die zu früh geschlüpften von heute aus dem satten Grün meines neuen Lieblings.

Das Teewasser kochte, und ich hatte die Zahnbürste im Mund, da klopfte es, tastend, zaghaft. Ich machte mir nichts daraus, dachte, daß die ungeschickte Frau nebenan im Seitenflügel wohl wieder versuchte, Nägel in den Putz zu hauen. Dreimal schon hatte ich ihr gesagt, daß die hier nicht hielten, daß sie Dübel nehmen müßte.

Es klopfte erneut und stärker, und nun behauptete mein Orientierungssinn, der von den fünfen, die mir genügen mußten, nicht der beste war, es käme von meiner Tür, an die, seit ich hier wohnte, noch niemand geklopft hatte. Ein »Moment« kam aus meiner Kehle, ein gereiztes und daher unbeabsichtigt lautes. Ich wollte ja gar keinen Besuch! Mich waschen wollte ich, ein Bier trinken, noch ein wenig rumspielen an der Augenweide auf meinem Fensterbrett.

Es war Rita; Rita, die, wie ich, vor Jahren als Hilfspflegerin in der Nervenklinik gearbeitet hatte, jedoch nicht auf der Frauenstation, sondern unter uns, auf der 9 A, der geschlossenen Männerpsychiatrie. Rita mit dem vollen, schlauen Gesicht und den vielen Talenten, meine ehemalige Freundin Rita, der ich manche Scheiße verdankte, und auch, daß ich, lange bevor ich zu Posbich kam, meinen Kollegen, den Drucker Manfred, kennengelernt hatte, vielmehr dessen Freund Reiner. Denn Manfred, der sich ganz gewiß nicht daran erinnerte, daß sein Weg meinen schon einmal gekreuzt hatte, als wir noch nicht demselben Unternehmerlein auf der einen Tasche lagen und ihm die andere füllten, war damals, zwangseingewiesen zur gerichtsmedizinischen Begutachtung, so verstrickt in einen schweren paranoiden Schub, so benebelt von den Medikamenten, so blicklos für alles und jeden, daß ich ihn gar nicht hätte kennenlernen können, auch nicht, wenn ich ihm öfter begegnet wäre.

Rita, die neu- und auch sonst gierige Rita hatte den dunkeläugigen, breitschultrigen Reiner oft stundenlang neben dem stumm Kette rauchenden Patienten Manfred im Gang sitzen sehen, hatte seine fragenden Blicke auf sich bezogen und lachend erwidert, hatte sich schließlich mit ihm verabredet, dann doch was Besseres vorgehabt an dem Tag, und mich genötigt, ihm eine nicht besonders plausible, aber höfliche Ausrede zu überbringen.

Reiner hatte bei der Pforte zur Pathologie gestanden, eine mickrige gelbe Rose in der Hand, und mich, nachdem ich den von Rita gedichteten Spruch aufgesagt hatte, derart traurig, ja verzweifelt angesehen, daß ich ihm vorschlug, doch mit *mir* etwas trinken zu gehen, im kliniknahen »Wein ABC«.

Wir bestellten ein süßes rumänisches Gesöff namens »Murfatlar«, das ich nach dem dritten Glas »Murrfalter« nannte, hingen von Flasche zu Flasche schräger in den fleckigen Polstern der Eckcouch, die uns barg, und als ich, um sonstigen Gesprächsstoff verlegen, Reiner nach dem 9-A-Patienten fragte, jenem phlegmatischen Kettenraucher, den er immer mal besuchte, erzählte er mir die Geschichte vom gelernten Buchdrucker Manfred, seinem guten Freund, der allerdings nur einen einzigen Freund habe, nämlich ihn, den ehemaligen Rinderzüchter Reiner. Dem sei Manfred vor zwei Jahren gefolgt – auf die Baustellen der großen Stadt, wo sie Geld verdienen, aber nicht so lange hatten bleiben wollen.

Bis heute erinnere ich mich so genau an Reiners leise, klare, wie unbeteiligt monotone Stimme, daß ich der Versuchung nicht widerstehen kann, diese Geschichte in etwa mit seinen Worten wiederzugeben.

»Wir waren beide Dorfkinder, geboren und großgezogen in einem Nest nahe der Küste, das aber niemals Urlauber anlockte, weil es zu weit weg vom Strand lag, und doch bloß so weit, daß wir aus den nach Osten weisenden Glockenturmluken unserer Kirche das Meer sehen konnten, selbst bei schlechtem Wetter.

Meine Mutter ist Bäuerin, Manfreds Mutter war es, denn sie starb vor fünf Jahren. Unsere Väter, die sich angeblich nicht gemocht hatten, waren gefallen, jeder an einem anderen der letzten Kriegstage, und dennoch, wie es hieß, ›im selben von den Russen belagerten Kessel‹ nahe der Hauptstadt. Das Wort ›Kessel‹ irritierte uns; ich hatte bisher nur einen gekannt, nämlich den großen Wasserkessel, aus dem mich meine Mutter allabendlich begoß, sobald ich, wie sie es verlangte, nackt hinterm Haus stand. Manfred meinte, er dächte dabei an den Lagerplatz einer Wildschweinrotte, der in der Jägersprache auch ›Kessel‹ heiße. An unsere irgendwie ›in einen russischen Kessel gefallenen‹ Väter, die, als sie uns zeugten, erst zweiundzwanzig und neunzehn Jahre alt gewesen waren und deren Soldatenporträtfotografien einander derart ähnelten, daß wir sie kaum unterscheiden konnten, dachten wir nicht, fragten uns aber, ob unsere Mütter noch gelegentlich an sie dachten. Meine Mutter heiratete nicht wieder, doch es gab eine Zeitlang einen

Onkel Bruno aus dem Nachbarort, der, wenn er bei uns geschlafen hatte, am nächsten Morgen schon mal eine Baumwurzel rodete oder eine Wand verputzte und sehr gerne auch die Kaninchen, die meine Mutter ihm briet. Später zog dieser Bruno weit weg; als meine hübsche große Schwester ihm folgte, wußten wir warum.

Manfreds Mutter, die in ihrer Jugend sehr schön gewesen sein soll, hatte Manfred unehelich zur Welt gebracht. Seither habe sie sich, so Manfred, mit keinem Kerl mehr eingelassen.

Manfred war ein komisches Kind, kein lustiges. Leise war er, seine Bewegungen vorsichtig, fast ängstlich, als bestünde die Welt nur aus den rohen Eiern, die ihn so ekelten. Einmal hat er zufällig gesehen, wie ich eins austrank, und gekotzt, bis der Arzt kam. Er war ein bißchen dicklich, sehr weiß, mit feinem hellen Haar. Wir nannten ihn ›die Made‹ oder noch gemeiner ›das Mädchen‹. Manfred hat nie viel gesprochen, hörte lieber zu, am liebsten allem, was nicht lebte, Rasseln, Trillerpfeifen, der Eisenbahn, dem Traktor. Er lehnte seinen kleinen Kugelkopf oft an die alte, zur vollen Stunde nasal gongende Standuhr in unserem Wohnzimmer und hielt still wie kein Kind sonst. Die Dinge mußten aber nicht laut sein, die Geräusche, die sie machten, nicht kompliziert, ja nicht einmal rhythmisch. Eines Tages, wir gingen schon zur Schule und ich wollte mit ihm Lesen üben, saß Manfred im Garten wie ein Fabeltier. Er hatte seine Ohrmuscheln in zwei Meeresschneckenhäuser gezwängt. So vertieft war er, daß er mich nicht wahrnahm, obwohl ich mich vor ihm ins Gras sinken ließ und aus nächster Nähe mitten in seine weit aufgerissenen Augen sah. Ich habe mir dann auch diese Kalkteile an die Lauscher gehalten, doch ich fand das Rauschen nur fad und öde.

Je älter er wurde, um so besser verstand Manfred Uhren, Motoren und Radios. Wobei ihn am Radio weder die Musik- noch die Wortsendungen interessierten, sondern ausschließlich die jedem anderen Menschen unerträglichen Zwischenfrequenztöne. Tatsächlich entwickelte sich Manfreds spezielles Hörvermögen so enorm, daß er Defekte diagnostizieren konnte – allein mit seinen Ohren. Er hielt sie an irgendein Gerät und wußte dann, was dem fehlte; und wenn das Ding seins war, und manchmal gegen Bezahlung, schraubte er es auf und heilte es. Doch sobald eine Uhr oder eine andere Mechanik stehengeblieben, also stumm geworden war, ließ sie Manfred vollkommen gleichgültig und er sich zu nichts überreden, auch nicht für Geld, von dem Manfred ziemlich viel brauchte, denn er war geradezu süchtig nach immer neuem tickenden, brummenden, fiependen Krempel. Ich war nicht der einzige, der Manfreds Fähigkeiten bestaunte, aber nur mir wurde er deswegen nie unheimlich. In der Schule waren ihm seine Wunderlöffel allerdings kaum von Nutzen; da er pausenlos an irgend etwas herumhorchte, konnte er dem Unterricht nicht folgen, der war ihm auch schnuppe. Trotzdem mußte Manfred keine Klasse wiederholen, hatte bloß miserable Noten, selbst in Physik, seinem Lieblingsfach.

Wir hatten alle geglaubt – und eigennützig auch gehofft –, Manfred würde Uhrmacher, Rundfunktechniker oder wenigstens Automechaniker. Nicht einmal ich weiß genau, warum er diese Richtungen nicht einschlug. Lag es womöglich daran, daß sich die nächsten Ausbildungsstätten für solche Berufe erst in der vierzig Kilometer entfernten Bezirkshauptstadt befanden, Manfred aber so weit nicht weg wollte von seiner Mutter und vielleicht auch mir? War sein Abschlußzeugnis nicht gut genug? Oder hatte Manfred beim Vorstellungsgespräch auf Leute, die ihn nicht schon jahrelang kannten, einfach nur einen zu seltsamen Eindruck gemacht? Jedenfalls begann Manfred schließlich in der per Fahrrad erreichbaren Kreisstadt eine Lehre als Buchdrucker. Immerhin, dachte ich, geben auch Pressen oder gar diese großen Rotationsmaschinen Geräusche von sich.

So ganz das Richtige schien es dann aber doch nicht zu sein. Manfred wurde noch leiser und farbloser, als er es von Natur aus ohnehin schon war. Ich kann mir vorstellen, daß die Jungs dort in der Berufsschule Manfred schwer zusetzten, die von unserem Dorf hatten ihn ja auch nie gemocht, doch denen war er wenigstens vertraut, und manchmal brauchten sie ihn sogar.

Die nächsten zwei, drei Jahre sahen wir uns selten. Es war leicht, sich Manfred zu entfremden. Immer war ich derjenige gewesen, der dafür gesorgt hat, daß der Kontakt zwischen uns nicht ganz abriß, weil ich sentimentaler Hund mir einbildete, daß er ohne mich völlig vereinsamen würde.

Nun trug Manfred den Blaumann und ich die Gummischürze. Ich lernte Rinderzüchter und übte mich an meiner ersten festen Freundin, einer Gastwirtstochter aus einen Dorf weiter östlich. Wenn ich Manfred abends mal besuchte, saß er im Geräteschuppen, spielte mit seinen Radios, war bleich und still. Aber ich glaube, daß er sich über meine Anhänglichkeit gefreut hat, so gut er eben konnte.

Irgendwann stanken mir die Kühe nur noch, das mag ja in ihrer Natur liegen, doch es langweilte mich, und schlecht bezahlt wurde es auch. Anke, die Gastwirtstochter, wollte Kinder, wollte schwanger

werden schon mit achtzehn, wollte heiraten und
darauf warten, daß ihr Vater, ein gelbsüchtiger Säufer, aus der Kneipe rausstarb, Platz machte, für sie,
für uns.

Da las ich in der Zeitung eine Annonce. Junge,
kräftige Männer wurden gesucht, auch branchenfremde, die sollten die Hauptstadt unseres Landes
aufbauen wollen, gegen guten Verdienst und Qualifikationsmöglichkeiten. Ich schrieb die Bewerbung
noch am selben Tag, fand aber nicht den Mut, Anke
von meinen Absichten zu erzählen.

Vierzehn Tage später kam ein eingeschriebener
Brief, der erste in meinem Leben, der erste Brief
und der erste eingeschriebene. Sie teilten mir mit,
daß ich zum Ersten Sechsten anfangen könne, als
Hocker bei der Jugendbrigade ›Feyerabend‹.

Ich entwich wie ein Dieb, verabschiedete mich
nicht von meiner Mutter und nicht von Manfred,
hinterließ Anke einen Zettel, auf dem stand: ›Es
geht nicht mehr‹, sonst nichts, nicht einmal mein
Name. Meiner Mutter schickte ich eine Postkarte
ohne Absender. Konnte ich wissen, ob sie Anke
Bescheid gesagt hätte? Ein Melkerkollege, der
auch dem Ruf zu den Baustellen gefolgt und verschwiegen wie ein Grab war, hielt mich auf dem
laufenden. Anke war nicht in anderen Umständen,
nur wütend. Ich war so froh, weder den Vater noch

den Bier zapfenden Würstchenwärmer des ›Löwen‹ geben zu müssen, daß ich gar nicht merkte, wie stumpfsinnig die Mörtelschlepperei war, wie mir das Kreuz davon schmerzte, wie streng auch wir zweibeinigen Rindviecher rochen und im Joch der unabweislichen Norm nichts wurden als immer wieder durstig und müde.

Eines Tages, es war schon Sommer, schaute ich vom Gerüst runter auf den hellen Scheitel einer kleinen Figur. Als habe sie meinen Blick empfangen, legte sie den Kopf in den Nacken, winkte aber nicht. Da wußte ich, es war Manfred. Also stieg ich ab und fragte: ›Wie hast du mich gefunden?‹

Manfred, der blasser denn je war und rundlicher auch, einer Made, einer saftigen, nun wirklich ähnlich, zog eine Postkarte aus der Brusttasche seines verschwitzten Hemds. Er habe meinen Gruß und den Absender kaum entziffern können und ich die Karte wahrscheinlich im Vollrausch geschrieben, aber nun stehe er hier, weil auf ihn, wie ich wisse, Verlaß sei. Ich erinnerte mich nicht, doch die Rückseite der Ansichtskarte ähnelte tatsächlich meiner früher mal schönen Handschrift. Ich mußte, eine andere Erklärung gab es nicht, enthemmt vom Schnaps, der uns im Wohnheim über manches, aber einiges wohl doch nicht hinwegtröstete, einem Anfall von Einsamkeit nachgegeben und diese

Karte nicht nur vollgekritzelt, sondern auch noch eingeworfen haben. Um wie vieles blöder wäre es, dachte ich, jetzt, da mein alter Freund Manfred vor mir stand, wenn ich in jener Stunde elender Schwäche auch der Anke meinen Aufenthaltsort verraten hätte.

Obwohl er weder einen gewinnenden noch einen belastbaren Eindruck machte, nahmen sie Manfred. Weil sie jeden brauchten, ganz egal warum er gekommen war. Er mußte bloß ein wenig wetterfest sein und bereit, in einem Barackenverschlag zu schlafen, auf einem schmalen Eisenbett, zwischen fünf anderen, für die das große Abenteuer auch nichts weiter war als zwei-, dreimal pro Monat ein teurer Abend. Außerdem hatte ich dem Bauleiter geflüstert, daß Manfred diese Ohren hatte, die immer gleich spitzkriegten, ob etwas noch rundlief. Also steckten sie ihn zu den Betonmischern, die hatte Manfred nun zu warten.

Es ließ sich auch alles gut an. Manfred war seiner Passion treu geblieben und umsorgte die Mischer, als sei er ihre Amme. Er hörte ihnen zu, legte sie, wenn sie Sand im Getriebe hatten, still und dann auseinander, schmierte die Motoren ab, baute die Mischer wieder zusammen, paßte auf, daß die Einfüllmenge stimmte, und wurde stinkig, wenn jemand die Trommeln zu voll schippte. Außer mit mir redete Manfred mit keinem; er ging früh schlafen, rauchte nicht, trank nicht, lachte nicht über unsere Witze und holte sich beim Duschen keinen runter.

Wie ich es erwartet hatte, mochten die Jungs ihn nicht, aber mich, und sie wußten, daß Manfred mein Freund war. Sie nannten ihn nicht Manne oder wenigstens Manni, was ja auch möglich, wenngleich kaum passend gewesen wäre, sondern Fred und dann Fredchen, woraus schließlich Frettchen wurde, das fette Frettchen. Ich war, auch wenn ich nicht sagen kann, warum sie beschlossen hatten, mich zu schonen, fein raus; ich hieß von Anfang an immer nur der Cowboy, obwohl ich ihnen nicht erzählt hatte, daß ich von Beruf Rinderzüchter war. Zusammen, und so sahen uns die Kollegen ja oft, waren Manfred und ich die Landeier. Manchmal denke ich, Manfred duldete in diesen zwei Baujahren zumindest mich nur aus einem Grund in seiner Nähe, er wollte nicht dauernd fettes Frettchen gerufen werden.

Möglicherweise hätte sich das alles irgendwann beruhigt oder es hätte Manfred wenigstens nicht ganz so schlimm aus der Kurve getragen, wenn wir mehr als den einen Freifallbetonmischer und die beiden Zwangsmörtelmischmaschinen gehabt hätten, wenn er auf mich gehört und auch mal ein Kollegenmoped in Ordnung gebracht hätte, wenn die altersschwachen Mischer nicht dauernd kaputtgegangen wären und Manfred sie nicht immer so penetrant gründlich, also langsam und umständlich, repariert hätte, was nicht viel nützte, denn sie wurden, bei der Belastung, der sie ausgesetzt waren, trotz der Pflege, die Manfred ihnen gönnte, von Tag zu Tag störanfälliger. Aber daran gab Manfred allein uns die Schuld; wir sollten die Dinger am besten nicht einmal mehr ansehen. ›Das fette Frettchen und die Mischer‹, sagte der Polier, der studiert hatte, ›können nichts und für gar nichts. Frettchen bewacht seine Trommeln bei Tag und bei Nacht, wie der Zerberus den Hades.‹

Das Kriegsbeil war ausgegraben und wurde immer schärfer. Denn natürlich hielten die Jungs Manfred für einen elenden Faulpelz und seine Pedanterie für nichts als Tarnung, seine wortkarge Humorlosigkeit für Arroganz, seine störrische Einzelgängerei für Zurückweisung. Noch mehr ärgerte sie, daß eigentlich immer mindestens ein Mischer nicht zur Verfügung stand, daß die Zeit, die sich Manfred beim Reparieren ließ, ihr Geld kostete, daß er seinen Schrott und seine Arbeit verteidigte, aber, womit sie ja hundertprozentig recht hatten, nicht die Bohne Verständnis aufbrachte für ihre. Wie sollten ganz gewöhnliche akkordlohnabhängige Bauknechte begreifen, was selbst ich alter Manfredkenner lange nicht wahrhaben wollte, nämlich, daß er die Betonmischer *liebte*, daß er überhaupt nur Maschinen so was wie Zuneigung entgegenbringen konnte, doch nie einem Menschen und einem Tier auch nicht.

Manfred war, wie der Polier feststellte, ›das kollektivunfähigste Arschloch aller Zeiten‹, und nichts reizt ein Kollektiv mehr als so jemand. Ich weiß nicht, ob sie Manfred auf ihre Art helfen oder ob sie ihn einfach nur brechen wollten, jedenfalls beschlossen sie Maßnahmen. Sie verspotteten ihn, setzten ihn unter Druck, meinten, er brauche Ablenkung, müsse endlich ein Mann werden und dünner. ›Zwei linke Hände‹, ein sehr um unseren Polier bemühter, hübscher Maurer, verfiel als erster auf konkrete Repressalien; er klaute Manfred Essensvorräte aus dem Spind, tat ihm Abführmittel in die Limo.

Eines Freitags, ich konnte es nicht verhindern, weil sie mich nicht eingeweiht hatten, war es dann soweit. Unter einem Vorwand verschleppten sie Manfred in die Wohnung der Schwester eines Kollegen, flößten ihm dort gewaltsam Schnaps ein, zogen ihn aus, brachten ihn zu Bett und legten ihm auch noch diese Schwester auf den blanken Bauch. Einer, der dabeigewesen war, erzählte, daß Manfred geschrien habe ›wie eine brennende Ratte‹.

Nie habe er sich vorstellen können, daß jemand, berührt von der bloßen Brust eines ›netten Mädchens‹, derart in Panik geraten könne. Als ob die Kleine ihn habe erdolchen wollen, sei Manfred auf- und zur Seite gesprungen. Noch ehe einer die Situation habe begreifen, die Flucht verhindern können, sei ›fettes Frettchen‹ nackt wie er war zur Wohnungstür gerannt. Sie alle hätten dem armen Irren durchs Fenster nachgeschaut, und einer wäre auch hinterhergelaufen, hätte ihn aber nicht mehr einholen können.

Vier Tage blieb Manfred verschwunden, schlief nicht im Wohnheim, erschien nicht bei der Arbeit. Als er wieder auftauchte, am Mittwochmorgen, wollte ich mit ihm reden. Vergeblich, Manfred war nicht bereit, irgend etwas zu sagen, kein Sterbenswort, nicht einmal ›Hallo‹, nicht einmal zu mir. Ob ihn die Polizei aufgegriffen, ob er einen Krankenschein geschickt hatte, ich weiß es nicht, nur, daß er seither noch verstockter war und daß die Jungs sich von dem Schrecken, den Manfreds absurde Reaktion ihnen eingejagt hatte, schnell erholten, also nicht lange drauf verzichteten, ihm die Hölle heiß zu machen. Sie steckten hinter Manfreds Rücken, und nun oft auch hinter meinem, die Köpfe zusammen, flüsterten, lachten; sie warfen seine Filzlatschen ins Klo und behaupteten, er selbst habe es getan. Nachts, wenn Manfred schlief, schnippelten sie an seinen dünnen Haaren herum oder begossen seine Unterwäsche mit Wodka. Wohlwollend könnte man sagen, daß sie ihm nur grobe aber harmlose Streiche spielten, wie Kinder, die sich langweilen, doch es verging kein Tag mehr ohne eine Schweinerei gegen Manfred, der das alles scheinbar stoisch ertrug.

Ich versuchte, die Jungs zu beschwichtigen, Manfred in Schutz zu nehmen – und machte mich damit, wie ich es jetzt sehe, nur zum Katalysator.
  Immer öfter ertappte ich Manfred dabei, daß er untätig zu Füßen der für immer längere Zeit kaputt um ihn herumstehenden Mischer hockte und ins Blaue starrte, aus leeren, vor Müdigkeit tränenden Augen. Ich redete ihm gut zu, half ihm heimlich, schlich mich nach Feierabend auf die Baustelle und erledigte wie ein Heinzelmännchen Manfreds Arbeit. Bis ich eines Nachts keinen anderen als ihn dort vorfand; allein der sternklare Himmel verhinderte, daß ich über Manfred stolperte. Reglos, mit hängenden Schultern saß er da, sein Kopf ruhte am Sockel einer scheppernd, also leer laufenden Mischmaschine wie früher an unserer Wohnzimmerstanduhr. Und dann, ich wagte meinen Ohren kaum zu trauen, hörte ich Manfred summen, synchron mit dem Mischer, aber in einer höheren

Tonart. Bei Gott, es klang schaurig und irgendwie krank. Ich zog mich zurück, lautlos wie ein Fisch ins tiefe Wasser.

Drei Tage später geschah das Unglück. Unser Polier hatte Manfred schon am frühen Morgen angeschnauzt, weil seiner Meinung nach mal wieder kein einziger Betonmischer funktionierte. Manfred war schweigend neben ihm her zum Mischer drei rübergelaufen, hatte den Schalter umgelegt, worauf der Mischer losschnurrte wie ein Miezekätzchen. Doch kaum hatte er Polier und Mischer den Rücken zugedreht, da hörten wir alle, die wir in der Nähe waren, was am wenigsten Manfred entgangen sein konnte: ein gewaltiges Scheppern. Der Rest war eine Sache von Sekunden. Manfred machte kehrt, erblickte die weggetretene, seitkant im Dreck liegende Maschine, deren noch nicht wieder zum völligen Stillstand gekommene Trommel ausfloß wie eine umgekippte Suppenschüssel. Mit einer Wucht, die ihm keiner zugetraut hätte, traf Manfreds Faust das Kinn des Poliers. Den hob es für einen Moment aus den Schuhen, sein haltlos gewordener Körper drehte sich und fiel rücklings zu Boden. Nur sein Kopf landete nicht, der krachte gegen einen der vier breiten, stählernen Mischerfüße, von denen nun bloß noch der linke hintere blödsinnig gen Himmel ragte, denn den linken vorderen verbarg der vorschriftswidrig unbehelmte Schädel des Poliers. Blut floß in den Betonbrei, wich aus seinen erschlafften Wangen, sein Mund, seine Augen standen offen, und wir stumm um ihn herum.

Keiner war beherzt genug, ihm wenigstens den Puls zu fühlen. Wozu auch? Ohne daß einer von uns irgendwelche Erfahrungen mit so etwas gehabt hätte, wußten wir, lange bevor endlich der Arzt kam, der Polier war tot.

Ein zweiter, jüngerer Weißkittel, wohl der Fahrer des Doktors, breitete eine Plane über den Leichnam, schob ihn hinter den Rettungswagen, bis ein Polizeiauto eintraf, das Bündel an Bord nahm und ohne Licht- und Tonsignal wieder davonfuhr.
 Erst als ich den Polier nicht mehr ansehen mußte, schaute ich mich nach Manfred um. Der kniete gesenkten Hauptes ein Stück weit weg von uns neben einem Schutthaufen. Einer der Polizisten, die inzwischen überall herumschnüffelten, stellte sich breitbeinig vor Manfred, redete leise auf ihn ein und beschrieb das oberste Blatt eines großen Blocks linierten Papiers. Manfreds Schweigen nahm er gelassen, hielt es wohl für ein Zeichen des Schockzustands, in dem er den ›Tatverdächtigen‹ wähnte.

Obwohl er so war wie immer in letzter Zeit, also kaum lebendiger als nun auch der, den er auf dem Gewissen hatte, legten sie Manfred Handschellen an, bugsierten ihn in den Streifenwagen, fuhren mit ihm wer weiß wohin, wahrscheinlich zur Untersuchungshaftanstalt. Auch wir anderen hatten unvermutet arbeitsfrei an jenem Donnerstag vor zwei Monaten, denn wir mußten alle mitkommen aufs Revier und unsere Zeugenaussagen machen.

Ob sie es als Unfall mit Todesfolge deklarieren oder, was ich für wahrscheinlicher halte, Manfred des Totschlags im Affekt anklagen, ihm wird es egal sein.

Der mit dem gerichtspsychiatrischen Gutachten beauftragte Arzt hat mir erklärt, daß Manfred an einer katatonen Schizophrenie leide, einer Psychose, die volkstümlich Bewußtseinsspaltung heiße, daß er halluziniere, was bedeute, daß er Töne, Geräusche allgemein, anders höre und interpretiere als gewöhnliche Menschen. Die Uhren, Radios, Mörtelmischer würden Manfred akustische Zeichen geben, ja gewissermaßen zu ihm sprechen, seien, falls ich das verstünde, so etwas wie seine Bezugspersonen, und nichts Dümmeres habe der Polier tun können, als gewalttätig zu werden gegen einen von Manfreds Vertrauten oder, wenn ich so wolle, Brüdern, Genossen, Kumpels, nämlich diesen Betonmischer drei.

Schön, daß ich dir in den Ohren liegen darf – die ganze Zeit, aber mein Herz erleichtert das kaum. Du magst es für sentimental halten, doch ich fühle mich verantwortlich, denn ich habe, auch wenn ich bis heute nicht weiß, wie es passiert ist, Manfred mit meiner unbedacht und aus besoffener Einsamkeit geschriebenen Postkarte zu mir auf die Baustelle gelockt.

Abgesehen von seiner Mutter, an die er aber womöglich auch nicht mehr denkt, bin ich wahrscheinlich das einzige Lebewesen, das Manfred jemals irgend etwas bedeutet hat; das ist zu wenig. Oder ist es ihm zuviel? Ich meine, einfach alles ...«

Die Murfatlar-Flaschen jedenfalls waren leer, mein Kopf ebenso. Mir fiel nichts ein, was ich hätte sagen können nach dieser Story von Reiners Freundschaft zu einem Verrückten, der, was ich damals im »Wein-ABC« ja noch nicht wußte, Jahre später für kurze Zeit mein Kollege war.

Ich suchte Reiners Blick, doch der bohrte Löcher in die Wand neben der Tür. Ich legte meine Arme um Reiners dicken Hals, schmiegte meine Wange an seine. So saßen wir lange. Bis Reiner, der wohl glaubte, ich sei eingeschlafen, sich mir entwand, einen Geldschein aus seiner Jackentasche zog und hinüber zum Kellnertisch ging. Auf dem Rückweg blieb er kurz bei mir stehen; ich sah ihn nicht an, er gab mir nicht die Hand. »Danke«, sagte Reiner, »und grüß Rita.«

Ich wollte weiter an Reiner denken, der mich, wenngleich wenigstens nicht mit unserer Rechnung, einfach sitzengelassen hatte – tief nachts und abgefüllt in einer Kneipe, wie schon manch anderer Mann. Reiner, den ich nie wieder gesehen habe – weder zur Besuchszeit auf Station, denn Manfred war ein paar Tage nach unserer »Murfatlar«-Sause verlegt worden, wahrscheinlich in die forensische Abteilung eines Gefängniskrankenhauses – noch zufällig irgendwo; und wie er mit Nachnamen hieß, wo seine Baustelle war oder sein Wohnheim, hatte Reiner mir nicht gesagt. Ich wollte an Manfred denken, den man damals wahrscheinlich für nicht schuldfähig erklärt, dann lange weggesperrt und schließlich zwecks Rehabilitation in seinen Beruf zurückgeschickt hatte. An Fritz wollte ich nicht denken, mußte aber doch darüber staunen, daß mir erst jetzt auffiel, wie gerne er unseren stillen Drucker ein bißchen zwiebelte und sich, wenn der gerade mit etwas anderem beschäftigt war, auch schon mal an dessen Pressen »Phönix« und »Mercedes« vergriff. Und nur ich wußte, daß in dem mürrischen molligen Maschinenfreak Manfred womöglich noch das alte fette Frettchen steckte, daß er vermutlich immer noch eine Art Tretmine war, eine Zeitbombe, und dann auch noch eine, die nicht richtig tickte. Und niemand außer mir konnte Fritz warnen oder eben nicht ...

Doch da, auf meinem Küchenstuhl, saß, seit etwa einer viertel Stunde schon, Rita, die einzige Frau, die ich je gewollt hatte, die sich aber, während sie mich bloß mit selbst verfaßten kryptopolitischen Gedichten elendete, allein nach meinem damaligen Verehrer Ernst sehnte, der wiederum nur für mich glühte, heftiger in dem Maße, in dem ich Rita begehrte. Irgendwann in dieser wirren Zeit hatte mir Ernst ein Ultimatum gestellt, das zur Falle wurde, später auch für ihn. Ich hätte mir Rita bis Ende Mai aus dem Kopf zu schlagen und ihn zu heiraten, sonst habe er genug von mir und nehme sie. Also wurde der krummbeinige Ernst mein erster und letzter Ehemann, allerdings nur, damit ihn Rita nicht kriegte, die ich nicht bekam. Ein knappes Jahr lang bewies ich Ernst, daß es ein Fehler gewesen war, mich zu erpressen, dann hatte Rita endlich einen neuen festen Freund, und ich konnte die Scheidung einreichen.

Obwohl ich noch nichts gesagt, nichts getan hatte, hielt Rita die Augen auf mich gerichtet, als sei ich gefährlich, als erwarte sie, daß ich jeden Moment losbrüllen oder zuschlagen könnte. Ritas Kopfhaltung war starr und angespannt wie die eines Reptils, das nicht weiß, ob es von seiner potentiellen Beute womöglich auch für Futter gehalten wird; ihr Oberkörper ragte steif nach vorne, ihre prallen Pobacken stemmten sich gegen die Stuhlkante, nun schon so lange, daß ich nicht mehr umhin kam, endlich irgendwie zu reagieren.

»Was willst du von mir«, fragte ich. »Vielleicht erst mal einen Tee«, sagte Rita, und ihr abgespreizter rechter Daumen stach zackig über ihre Schulter in Richtung Gasherd. »Tee? Hab ich nich«, behauptete ich, wobei ich das Wort Tee so angewidert wie möglich aussprach. Rita federte auf ihre Füße: »Ich hol welchen, wenn du mich noch mal reinläßt.« Da ich nickte, wanderten wir wieder in mein Zimmer. Ich lehnte mich ans Fensterbrett, streichelte hinter meinem Rücken die Blätter der Gloxinie, wartete darauf, daß Rita sich auf den Weg zum Bahnhofskiosk machte und ich mir überlegen konnte, wie ich sie bei ihrem nächsten Besuchsversuch empfangen sollte. Doch Rita zögerte. Neben meinem Bett entdeckte sie ein paar bereits gedrehte Zigaretten, steckte sich eine davon zwischen die Lippen, und weiter leuchteten ihre Augen den Raum ab, jetzt nach Streichhölzern. Ohne es zu wollen, ging ich zwei Schritte auf sie zu, nahm die rechte Faust aus der Tasche des gürtellos an mir herunterhängenden Bademantels, reichte ihr meine einzige, fast leere Schachtel, die ich, wie sich nun zeigte, schon eine Weile mechanisch geknetet haben mußte, so intensiv, daß sie ganz zerknautscht war – und feucht geworden auch, denn Rita rieb ein Hölzchen nach dem anderen an den braunen Seitenflächen, aber keines entzündete sich.

»Na gut, Tee und Feuer«, sagte sie, fand jedoch noch immer nicht die Tür, sondern näherte sich der Gloxinie, die ich, in dem einen unbedachten Moment der Bewegung zu ihr hin, leichtfertig Ritas Blicken ausgeliefert hatte. »Habe ich schon von unten gesehen, daß du neuerdings auf Topfblume stehst. Bist einsam, was?« – »Rita«, sagte ich durch die Zähne, »verschwinde und komm wieder – oder laß es bleiben.«

Tatsächlich, nach etwa einer Stunde, während der mir nichts eingefallen war, als mich dafür zu hassen, daß ich mich beim ersten Mal nicht taub gestellt hatte, klopfte Rita erneut an meine Wohnungstür. Ich öffnete, wich jedoch sofort zurück in die entfernteste Ecke meines Zimmers. »Na, bist du noch immer nicht angezogen«, Ritas Stimme klang frisch wie die einer Sportlehrerin. Grinsend warf sie drei Streichholzschachteln und ein Päckchen Tee auf mein Bett, nahm dann die linke Hand hinter ihrem Rücken hervor, die mir etwas Größeres, Eingewickeltes entgegenhielt. Nun enthüllte ihre rechte Hand ein rostrotes, mit buntem Schleifenband garniertes Plasteeimerchen, in dem eine Pantoffelblume wurzelte, eine Calceolaria aus der von Kolumbien bis Argentinien landplagenartig verbreiteten Gattung der Rachenblütler. Fast feierlich knisterte das Papier, und Ritas Grinsen saß auf einmal so stramm, als sei ihr Gesicht beim Waschen eingelaufen. »Na«, sprach sie zu meiner Gloxinie wie zu einem Baby, »freust du dich, daß du jetzt Gesellschaft hast?« Mit ihren gelb-braunen Beuteln, die wie aufgeblasen aus dem zakkenblättrigen Gestrüpp lugten, sah die Staude robust und ziemlich ordinär aus, eben ein bißchen wie Rita. Ich wollte die Pantoffelpflanze in die Küche tragen, aber Rita nahm sie mir wieder ab und stellte sie auf das Fensterbrett zu meiner Gloxinie.

Ich weiß nicht mehr, warum Rita überhaupt gekommen war. Wir kochten Tee, nippten am »Kreuz des Südens« und vermieden es, von der Vergangenheit zu sprechen. Rita erzählte mir, daß sie seit einem Jahr Pharmazie studiere und daß Franz, so hieß ihr Freund, um ihre Hand angehalten habe. Rita versuchte zu lächeln wie eine Braut und hielt mir ihre am Ringfinger mit einem Riesenrubin geschmückte Linke entgegen; »der ist von seiner Mama«, sagte sie.

Als es mir gegen Abend gelang, Rita endlich an die Luft zu setzen, ließ sie, außer dem Pantoffelkraut, dessen Pflege sie mir überflüssigerweise wortreich erklären zu müssen glaubte, auch wieder einen Stapel Gedichte bei mir; das seien ihre letzten, nun wolle sie keine mehr schreiben, sondern sich darauf konzentrieren, den Menschen auf andere Weise zu helfen.
Daß diese Worte wohl so etwas waren wie ein zynisches Orakel, sollte ich bald erfahren.

Weil ich nicht mehr die Kraft hatte, mir Straßenkleider über den verschwitzten Leib zu ziehen, blieb ich wo ich war, trank weiter Schnaps, gab der Gloxinie ein Küßchen und legte mich schlafen.

Am Sonntagmorgen öffnete ich entsprechend früh die Augen – und kniff sie gleich wieder zu. Natürlich hatte mein erster Blick der Gloxinie gegolten, aber was gesehen? Unfaßliches! Keine drei Minuten konnte ich hoffen, daß es nur ein Traum sei. Trotz der Angst, die mir die Kehle abschnürte, zwang ich mich, aus dem Bett zu kriechen. Die Wahrheit war grausam und buchstäblich nackt: Meine Süße hatte alle Blüten, all die unschuldigen Knospen, die meisten ihrer runden, weichen Blätter vor Kummer verloren oder abgeworfen im Zorn; ganze zwei Stück hingen noch zusammengerollt und lappenschlapp über den Rand der Tonschale. Sofort fiel mir ein, was ich schon lange wußte, aber in derart rabiater Konsequenz noch nie mit eigenen Augen geschaut hatte, nämlich daß es auch zwischen Gewächsen so etwas wie Konkurrenz gibt, grimmige Feindschaft, erbitterten Haß, das allelopathische Phänomen: Die eine Pflanze sondert biochemische Botenstoffe ab, die tödlich sein können für eine andere. In einer einzigen Nacht hatte Ritas beschissene Pantoffelblume meine schöne Gloxinie vergiftet.

Vielleicht weil ein Funken Hoffnung in mir glomm, die Gloxinie so retten zu können, vielleicht weil ich dem Strunk Elend zeigen wollte, daß ich ihn immer noch liebte und die Verbrecherinnen – beide – durchschaute, aber wahrscheinlich doch bloß aus Wut, warf ich mir meinen Bademantel über, ergriff die triumphal vor Gesundheit strotzende Pantoffelblume, trug sie die Treppen runter auf den Hof, rupfte ihr die Blüten einzeln, dann büschelweise das Laub, zuletzt die Wurzeln aus, und schmiß das alles, samt Erde, Eimerchen und Schleife, in den Müllcontainer. Ich rannte wieder hinauf, begoß den Gloxinenrest mit möglicherweise neutralisierender Milch, sah das vorletzte Blatt sich lösen. Den Schmerz, den ich dabei fühlte, betäubte ein großer Schluck »Kreuz des Südens«, und nur die Sehnsucht nach dem Wunder der Auferstehung hielt mich davon ab, der Sterbenden auch einen zu geben.

Ich holte den Stuhl aus der Küche und setzte mich ans Fensterbrett. War es möglich, daß diese Frau, für die ich mich dereinst hätte in Stücke reißen lassen, so wie ich gerade deren Pflanze in Stücke gerissen hatte für meine, eine solche Hexe war? Konnte es denn wirklich sein, daß Rita, immerhin studierte sie ja Pharmazie, den toxischen Anschlag auf meine einzige kleine Freude geplant und die Vollstreckerin ihrer Rachegelüste nicht beiläufig mitgebracht, sondern schon vorher erwählt, beschafft und irgendwo deponiert hatte? Sicher, am Bahnhof gab es, gleich neben der Gemischtwarenbude, auch einen Blumenkiosk, und der war auch sonntags geöffnet, aber gab es dort Pantoffelblumen – ausgerechnet heute? Wann überhaupt, da ich die Gloxinie erst seit Freitag besaß, konnte Rita von ihrer Existenz erfahren haben? Andererseits hatte die Pflanze zwei Nächte und anderthalb Tage lang mein Fenster verzaubert, mit ihren großen roten Blütenkelchen die Blicke von Vögeln, Hunden, Katzen und ein paar Menschen auf sich gezogen, begehrliche, bewundernde – und neidische wohl auch.

Ich starrte auf den armseligen Strunk, der an nichts erinnerte als an einen von einem Idioten eingetopften Gemüseabfall, aus dem, wenn Gott es nur wollte, vielleicht ja doch noch mal ein Kohlkopf würde. Ich wartete, soff und weinte – über meine arme Gloxinie und die Niedertracht der Pantoffelblume. Ich weinte, weil ich Rita nicht widerstanden und keinen Verdacht geschöpft hatte, und darüber, daß ich gegen die falsche Schlange, die ich nun ganz gewiß niemals mehr an meinem Busen nähren wollte, nichts als ein paar Indizien in der Hand hatte; das Wesen des perfekten Mordes ist nun einmal dessen Unbeweisbarkeit. Doch das konnte Rita vor Strafe nicht schützen. Ungelesen würde ich ihre Verse verbrennen, sollte sie turteln, reden, trinken mit wem sie wollte, mit mir nie wieder, nicht den kleinsten Tropfen.

»Kreuz des Südens« war alle, aber ich hatte noch eine Kiste bulgarischen »Hügel«-Rotweins. Von dem entkorkte ich gleich zwei Flaschen und weinte weiter, weil mir eine Geschichte wieder einfiel, die meine schon gestorbene Oma mir erzählt hatte. Ich soll etwa zwei Jahre alt gewesen sein und meine Oma mich samt Kinderwagen in die U-Bahn geschoben haben. Auf dem Weg zur U-Bahn wären wir an einer Wiese vorbeigekommen; ich hätte mich so für den blühenden Löwenzahn begeistert, daß meine Oma eine der gelben Blüten gepflückt und zu mir in den Kinderwagen gelegt habe. Dann sei die U-Bahn angefahren, die Türen hätten sich geschlossen, und der dabei entstehende Luftzug hätte meine Blume erfaßt. Ich hätte gebrüllt wie am Spieß, und als meine verlegene Oma ihnen erklärt habe, warum ich so schreie, hätten mir die Leute andere Blumen angeboten, viel schönere. Doch die hätte ich alle nicht gewollt, sondern nur noch lauter um meine Hundeblume geweint, zwanzig Minuten lang, bis zur Endstation. – Ich weinte immer noch, nun um Ernst, der mit mir kein Glück gehabt hatte, wegen Rita, und um Reiner, der nicht mich gemeint hatte, sondern Rita, und um Fritz, der Rita nicht kannte, für mich aber genauso uneinnehmbar war, weil sein Herz einem eingeweckten Zwillingsfragment gehörte. Und auch ich selber trieb mir die Tränen aus den Augen; in der Fensterscheibe spiegelte sich mein verheultes und geschwollenes Gesicht mit den stumpfen Pupillen, dem Rüsselchen, dem kleinen, konturlosen Mund, den lila Segelohren, den struppigen Haaren, die das Ganze passend umrahmten.

Ich soff und weinte unaufhörlich, weil es schon wieder Nacht wurde, weil das Leben eine einzige Sauerei war und ich nicht tot wie diese Verliererin, dieses abwehrschwache Opfer eines tropischen Unkrauts, diese Schande für die stolze Familie der Gesneriengewächse.

Als ich mir die verklebten Augenlider rieb, war Montag; die Sonne stand bereits erschreckend hoch am Himmel, und von dem Pflanzenkadaver hatte sich das allerletzte Blatt gelöst. Ich schob den Küchenstuhl zur Seite, dem ich irgendwann entglitten sein mußte. Die Knochen taten mir weh, meine Kehle brannte, mein Magen war ein zusammengerollter Igel. Ich wußte nur, daß ich viel zu spät zur Arbeit kommen, Fritz mir aber nie mehr ins Ohr pusten und mich Elefantin, Püppi oder armer schwarzer Kater nennen würde.

Widerwillig beugte ich mich über den Ausguß, wusch mir Kopf, Brüste, Schoß, fuhr in ein ungebügeltes, weites, gelbes Sommerkleid und lief zur U-Bahn, als hätte ich eine Zündschnur am Hacken.

III

Kurz nach zehn erreichte ich das Haus Nummer acht. Auf der Schwelle zu Udo Posbichs Buchdruckerei saßen Fritz, Willi und Manfred, neben ihnen stand ein grün Uniformierter. Über Türrand und -rahmen spannte sich, zwischen zwei Siegeln, ein Stück Schnur, darunter klebte ein Zettel mit dem Stempel des Innenministeriums und der Aufschrift »Polizeilich gesichert«. Der Uniformierte kramte gerade in seiner Diensttasche, und so war der erste Blick, der mich traf, einer von Fritz. Er schaute, als sollte er fotografiert werden, nur warnend irgendwie. Staunend gab ich ihm die Hand, dann auch Willi und Manfred. »Und Sie, wer sind Sie«, fragte der Beamte mit den roten Streifen auf den Achselstücken, drückte ein Heft gegen die Hauswand, faßte sich unter das Revers und zog einen Stift hervor. Ich murmelte meinen Namen, er schrieb ihn nieder. »Wir brauchen hier keine Vollversammlung«, sagte der Hauptwachtmeister, der ein friedlicher, älterer Knabe zu sein schien, in die Luft, »meinetwegen können Sie sich jetzt die Füße vertreten oder einen Kaffee trinken gehen. Aber nur für eine Stunde, und Sie müssen mir sagen, wo wir Sie antreffen, falls wir schon vor der offiziellen Vernehmung weitere Fragen haben.«

Wir setzten uns in die »Waldschänke« und bestellten wirklich bloß Kaffee, und hier erst fanden wir auch die Sprache wieder, genauer gesagt das Flüstern.

»Als ich kam«, krächzte Willi, so leise er konnte, »war schon ein Schupo da, ein anderer, nicht der fette. Er dürfe mich nicht reinlassen, weil dringender Verdacht auf eine strafbare Handlung bestünde. Als ich erfahren wollte, wer die denn begangen haben soll, zuckte der Schupo« – Willi gebrauchte tatsächlich diesen alten Ausdruck – »mit den Schultern. Er sei nicht befugt, mir weiterreichende Auskünfte zu erteilen. Ja, und dann nahten, fast gleichzeitig, Manfred und Fritze, wurden auch aufgeschrieben, wußten auch von nichts.«
Nach dieser für den sonst so maulfaulen Willi geradezu manischen Rede fiel das Wort an Fritz, der sich, ehe er es ergriff, noch einmal umsah; doch außer uns, dem Zapfer und einem über eine Zeitung gebeugten Mann in Schlossermontur war keiner im Lokal: »Es muß was mit Posbich passiert sein. Vielleicht ein Autounfall, oder er ist beim

Angeln über Bord gegangen, oder er hat seine raffgierige Gattin gekillt oder im Suff einen Genossen beleidigt oder gleich den ganzen Staat – darauf warten die bloß. Telefon hat er ja nicht, also fahre ich mal hin mit dem Taxi. Ihr bleibt schön hier, eh die Stunde um ist, bin ich wieder da.« Fritz stürzte davon, ließ jedoch, als hätten wir ein Pfand gefordert, seine Jacke am Knauf der Stuhllehne hängen.

»Manfred«, sprach ich in dessen Ohr, »hast *du* was angestellt?« »Das gleiche«, hauchte Manfred zurück, »könnte ich dich fragen. Aber wenn es so wäre, wären wir dann hier?«

»Da war niemand und nichts zu sehen, kein Udo Posbich, keine Frau Posbich, kein Bulle, kein Siegel. Ich habe geklingelt, gerufen, geklopft, durchs Schlüsselloch geäugt, Grabesstille und Finsternis. Als ich wieder ging, schaute ich noch einmal am ganzen Haus hoch und runter. Nicht eine Nachbarin hat mir gewunken mit dem Staubtuch, alle Fenster blieben geschlossen, die Gardinen dahinter dicht, reglos, unbeschattet. Und jetzt«, Fritz holte tief Luft, räusperte sich und wurde lauter, »brauche ich erst einmal einen doppelten Doppelkorn.« Doch ehe der Schnaps kam, kamen drei Polizisten, unter ihnen der dicke von vorhin. Sie fuhren uns zum Revier, wo wir, wie sie meinten, unsere »Aussagen machen und danach unverzüglich den Heimweg antreten sollten«.

Sie holen uns einzeln zum Verhör, zuerst Fritz, als wüßten sie, daß er von uns vier »suspekten Gestalten« die redseligste war, dann Manfred, dann Willi, dann mich. Wer abgefertigt war, wurde weggeschickt. Neben uns Wartenden hielt der dicke Polizist, der unsere Namen notiert hatte, die ganze Zeit über Wache, paßte auf, daß wir nicht miteinander sprachen, obwohl ihm doch klar sein mußte, daß wir in der »Waldschänke« schon Gelegenheit dazu gehabt hatten.

Schließlich, nach vielleicht zwei Stunden, war die Reihe an mir. Ich betrat einen kleinen Raum mit Milchglasfenstern, einem Schreibtisch, einem Stuhl davor und einem dahinter, auf dem ein grauhaariger, stämmiger Mann in Zivil saß, dessen Hände einen steinernen Tintenlöscher über eine grüne, filzpapierene Schreibunterlage schaukelten. Das sah so filmhaft albern aus, daß ich mir ein Grinsen nicht verkneifen konnte. »Was finden Sie komisch«, fragte der Mann und hob ein Tonbandgerät auf die Tischplatte, das einem amerikanischen

Kofferradio ähnelte. »Mikro ist integriert«, als habe er sie fürs Vorturnen am Reck ins Magnesium getunkt, rieb er sich pedantisch die Hände. »Sie sind noch frisch bei Posbich, was? Sind nicht gerade eine Leuchte im Beruf, wie? Hat er mit Zitronen gehandelt, unser Privatkrauter, mußte er die Katze im Sack kaufen, mußte ihm Ihr Facharbeiterbrief genügen, weil er Kaderakten ja nicht anfordern darf als Unternehmerklasse. Und unser hervorragendes Bildungssystem entläßt schließlich keinen ohne ein Papierchen; kann er dumm wie ein Brot sein und faul wie die Sünde. Habt ihr euch gesucht und gefunden, der Raffzahn und die Spitzenkraft. Damit ist jetzt Schluß. Ab heute können Sie sich nach was Neuem umgucken, bestimmt nicht mehr in der Druckindustrie, aber irgendwo werden Sie schon unterkommen. Ist sowieso bald vorbei mit den Setzern, die müssen alle Computer bedienen lernen. Und dafür, Gutenberg ade, mußt du nun wirklich schlau sein. Haben Sie ein Schwein, daß wir hier nicht im Westen sind, wo die Versager in der Gosse landen. Apropos Gosse, woher kennen Sie Posbich? Wer hat Ihnen den empfohlen? Ist Ihnen in den paar Wochen, die Sie, wenn man das so nennen kann, bei ihm tätig waren, irgend etwas aufgefallen? War Posbich nervös? Bekam er Besuch von Leuten, die nicht wie Kundschaft aussahen? Wie habt ihr es denn gehalten mit der Druckgenehmigung und dem Drucken ohne?...«

Der Bulle im Anzug fragte so atemlos auf mich ein, daß mir keine Pause zum Antworten blieb. Doch plötzlich, als habe ihm jemand die Batterie aus dem Kreuz genommen, verstummte er. Sein Oberkörper fiel zurück gegen die Lehne, er blickte mir, die ich, ohne daß er mich dazu eingeladen hätte, auf den zweiten Stuhl niedergesunken war, forschend in die Augen. Ich beteuerte, von nichts eine Ahnung zu haben, nannte Posbich »unseren korrekten Chef«, sagte, ich sei immerhin Mitglied des Gewerkschaftsbundes und sehr überrascht gewesen, als mir heute morgen der »Zugang zu meiner Wirkungsstätte verwehrt« worden sei, schließlich hätte ich, »wie jeder Bürger dieses Landes, ein Recht auf Arbeit«, und noch mehr solchen Stuß.

Möglicherweise machte ich dem Mann einen ehrlich bestürzten Eindruck, denn er legte, während ich noch um Worte rang, den Finger auf die Stopptaste, ermahnte mich, daß ich mich zu ihrer »Verfügung halten und keine Dummheiten machen« sollte, dann ließ er mich laufen.

Ich hatte nicht gewagt, ihn zu fragen, was geschehen sei, um welches Verbrechen, begangen an wem, es sich denn überhaupt handle. Doch den Eindruck, daß es um Posbich ging, daß der – unter wie auch immer gearteten Umständen gesetzeswidriger Natur – dem Verkehr entzogen war, den durfte ich wohl mitnehmen.

Verwirrt wie wir waren, hatten wir vergessen, uns zu verabreden, aber als ich die Tür zur »Waldschänke« aufzog, erspähte ich über einem Tisch neben der Theke drei zusammengesteckte Köpfe, die, da verflog mir, während ich den Raum durchquerte und meine Augen sich an das in ihm herrschende Halbdunkel gewöhnten, die Angst, ich könnte mich getäuscht haben, meinen Kollegen gehörten.

Ich weiß nicht, warum wir einander trauten, warum Willi zur Begrüßung seine rechte Hand auf meine linke legte, Manfred mir eine Zigarette und Fritz sein Bier hinhielt, obwohl sie mich, in dem einen Monat, den ich mit ihnen verbracht hatte, weder wirklich kennen noch schätzen gelernt haben konnten. Ein eigentümliches Gefühl von Nähe und Schicksal, das die Getränke gewiß verstärkten, erfaßte uns. Wir kamen mir vor wie Vogeljunge, die, seit sie geschlüpft waren, jedes für sich und gegen die anderen um die Raupen gekämpft hatten, die *Der Große Schnabel* brachte.

Bis, ja bis etwas Unsichtbares, aber womöglich noch Mächtigeres, sie alle zusammen aus dem Nest kippte.

»Ich«, flüsterte Willi, »bin bei Posbich, seit er den Laden hat, seit fast drei Jahren. Er hatte es schwer am Anfang, doch nicht schwerer als die anderen, denen sie, wegen der Versorgungsengpässe, plötzlich Lizenzen gaben für die selbständige Produktion von Karnickeln, orthopädischen Schuhen oder eben Visitenkarten. Und die Maschinen, die Schriften, das alles konnte er ganz billig abstauben von der Druckerei »Tägliche Rundschau«, die ja als erste umgerüstet wurde auf Tastomatsatz und Rollenoffset, jedenfalls hat er es so erzählt.«

»Und wir«, nuschelte Manfred, anscheinend unbeeindruckt von diesem, für Willis Verhältnisse nun schon beängstigend ausschweifenden Monolog, »kosten ihn auch nicht viel. Mir mußte er bis Mai nicht mal den vollen Grundlohn zahlen.«

»Warum das denn«, fragte Fritz. Manfred verschluckte sich an seiner Brause und wurde rot, vielleicht nur, weil er husten mußte, hob dann die Schultern, beugte den Kopf, schaute an Fritz vorbei. »Na ja, ich hatte doch noch Bewährung. Aber ich war nicht lange im Knast und nicht aus politischen Gründen, hab' bloß was mitgehen lassen auf Arbeit, Werkzeug und so. Das kam in die falschen Hände, weil ich dringend Geld brauchte«, log er.

Ich klemmte die Zunge zwischen die Zähne.

»Schon gut, Kleiner. Es gibt so was wie ein Menschenrecht auf Fehler, auch wenn das hier niemand begreift. Willste wirklich kein Bier?« sagte Fritz, legte den Daumen in die Handfläche, streckte dem Zapfer die vier Finger seiner Linken entgegen.

Als sie gekommen waren, hoben wir unsere halben Liter zur Tischmitte und stießen an; der Klang, den die randvollen Preßgläser erzeugten, war nicht das helle Klirren, das ich mir vorgestellt hatte, sondern nur ein leises, dumpfes Scheppern. Ich hatte auch erwartet, daß Fritz jetzt etwas Grundsätzliches formulieren, womöglich einen pathetischen Abschiedstrinkspruch hervorbringen würde. Aber Fritz sagte nichts, nicht einmal Prost.

Manfred hatte sich nicht ausgeschlossen wie bei meinem Einstand, hatte sich ein Bier von der Trommel genommen, es an die Gläserfront gedrückt, die wir ihm hingehalten hatten, und sogar ein bißchen Schaum geschlürft, doch von der Blöße, die er sich gerade gegeben hatte, mußte er sich erst erholen.

Es war Willi, der das Schweigen brach, indem er sagte, was er um diese Tageszeit immer sagte, falls er überhaupt etwas sagte: »Schön ist ein Zylinderhut / wenn man ihn besitzen tut / Aber zwei

Zylinderhüte / sind von ganz besond'rer Güte ...«
Den Folgereim skandierten Willi, Fritz und ich im Chor: »Wer Gott vertraut / und Bretter klaut / der hat 'ne bill'je Laube.«
Ich orderte eine Runde Korn, dann bestellte Willi, dann wieder Fritz. Wir tranken schnell und still, Fritz auch die drei vierten Doppelten, deren »Einnahme«, wie Fritz es ausdrückte, »Manfred schon wieder verweigerte«.

Ein paar Schnäpse später faßte Fritz endlich in Worte, was ich schon die ganze Zeit gedacht hatte, was, wenn ich ihre Mienen richtig las, auch Willi und Manfred gedacht hatten: »Die werden getürmt sein, die Posbichs, vielleicht Samstag, vielleicht Sonntag. Oder er ist alleine abgehauen. Wenn es so ist, haben sie ihn wahrscheinlich geschnappt und verletzt oder erschossen und kurz darauf die Frau verhaftet, sonst hätten sie nicht gleich Wind davon gekriegt, also nicht schon heute die Bude verrammelt. Klar, Posbich wollte rüber. Was sonst? Aber auf die Genehmigung eines Ausreiseantrags hätte er, weil er ja Gewerbetreibender war, strenggenommen Kapitalist, warten können bis zur Rente. Er hätte, sobald er ihn gestellt hätte, den Laden verkaufen müssen, und das bißchen, was er heutzutage noch dafür gekriegt hätte, hätten sie ihm abgeknöpft, oder sie hätten ihn gleich enteignet. Der einzige Weg für ihn, das muß er genau gewußt haben, war der illegale über die Mauer. »Is der Handel noch so klein, bringt er mehr als Ärger ein«, hat mein Vater immer gesagt, jedenfalls genug schwarz Getauschtes für einen Neuanfang im Westen. Womöglich hatte Posbich sein Verschwinden seit Jahren geplant und sich den Makulaturschuppen, samt uns, nur zwecks Beschaffung eines Startkapitals zugelegt. Doch demnächst wird es sich eingeschaukelt haben mit der neuen Großtechnologie, und dann, der Holzwurm tickt schon lange im Gebälk, wäre sie auch bald endgültig abgelaufen, die Gnadenfrist für Posbichs Buchdruckerei, und sein ganzer Krempel bloß noch Buntmetall für den Schrotthändler...«

»Aber die Setzkästen«, unterbrach ich Fritz, »wenn du die unter der Hand verscheuerst, das bringt richtig Kohle. Die Leute hängen sie an die Wände als Regale und stellen kleine Glastiere in die Fächer oder Fingerhüte oder Puppentassen ...«

»Halt's Maul«, sagte Manfred leise aber deutlich wie ein Souffleur – und dann: »Nein, Posbich könnte es auch geschafft haben. Wie ich den kenne, hat er sowieso nicht den Arsch riskiert, sondern sich eine Fluchthilfe organisiert. Seine Alte wird gemerkt haben, daß er weg ist, mit nichts als den Sparstrümpfen, wird in Panik geraten und zu den Bullen gerannt sein.«

»Möglich«, murmelte Fritz nachdenklich oder eher verträumt, »doch selbst dann könnten sie das Diplomatenauto am Grenzübergang gestoppt, die Kofferklappe geöffnet und den blau angelaufenen, bibbernden Posbich unter dem Warndreieck, dem Kanister und den Putzlappen hervorgezerrt haben, samt seinem Rucksack voll Sparstrümpfe ...«

»Feierabend«, sagte Willi. Wie zum Beweis zeigte er uns seine Sprungdeckeluhr, und tatsächlich war es Punkt vier.

»Soll das heißen, daß du dich jetzt einfach aus dem Staub machst?« Fritz versuchte, nach Willis Arm zu greifen, doch Willi hatte sich schon erhoben. Er legte einen kleingefalteten Fünfzig-Mark-Schein auf den Tisch, blieb noch einen Moment bei uns stehen, sah Fritz an und sagte fast tonlos: »Ich bin alt genug, für mich ist Schluß.«

Fritz wollte etwas erwidern, aber ein Blick in Willis bleigraues und -starres Gesicht verhinderte, daß er mehr über die Lippen brachte als »Bitte, Willi ...«

»Ich gehe ihn besuchen, gleich morgen.« Fritz summte das wie ein Kindergebet ein paarmal vor sich hin, und man sah ihm nun auch an, daß er schon ganz gut getrunken hatte. Der nächste, der aufstand, war Manfred. »Und du, was willst du machen«, fragte Fritz traurig. »Ich weiß es noch nicht. Vielleicht geht es ja weiter mit einem neuen Posbich, oder der alte kommt wieder, weil ihn bloß irgendwelche anderen Gauner vermöbelt haben und er gar nicht drüben oder verhaftet oder tot ist. Wir werden schon Bescheid kriegen...« Fritz kapierte, daß er gleich mit mir alleine sein würde, blickte erschrocken Manfred nach und dann zu mir: »Ja, also, ich denke, ich muß mich erst einmal hinlegen«, er winkte dem Zapfer. »Fritz«, sagte ich, »bleib' ruhig. Ich werd' dich nicht mehr beißen. Ich habe frei ab heute, und was mit Posbich ist, kann mir egal sein.« – »Dir bestimmt«, knurrte Fritz feindselig. Der Zapfer nahte, kassierte Willis Schein und fand, daß wir noch einen Zehner herausbekämen. »Na dann bring' der Frau ein letztes Bier; der Rest sei dein.« – »Fritz, darf ich dich denn mal besuchen, ich meine, wenn wirklich Schluß sein sollte bei Posbich; nicht so bald natürlich, aber vielleicht später?« Es war mir seltsam leichtgefallen, ihm diese Frage zu stellen. Fritz schüttelte sich wie ein nasser Hund, und als sei das nicht schon Antwort genug, sagte er noch: »Lieber nicht. Finde du deinen Weg, und mir laß meinen.«

Der Zapfer brachte mir einen frischen halben Liter, sammelte die Gläser ein, wischte den Tisch ab. Daß er derart fürsorglich war und sogar den Aschenbecher leerte, riß mich aus dem Wachtraum, in dem Fritz noch immer auf die Tür der »Waldschänke« zuschwankte. Ich trank das Bier mit Appetit und wunderte mich ein wenig, weil es mich so erleichterte, nicht mehr sehen zu müssen, wie Fritz mich nicht sah.

Das war's also, dachte ich – trotz der Prozente, die in mir rumorten, seltsam nüchtern. Die Sonne stand schon tief, ihr Licht fiel auf den staubigen Gummibaum, den Fußboden, die leeren vorderen Tische, aber ich saß im Schatten, hatte noch etwas Geld und viel Zeit.

Posbich tauchte nicht wieder auf, die Polizei bestellte mich nicht noch einmal ein, die Druckerei blieb monatelang versiegelt. Später zog ein Bildhauer in die dunklen Erdgeschoßräume der Frankstraße Nummer acht, noch später kam ich gelegentlich an dem Haus vorbei, ohne nachschauen zu wollen, wer oder was sich nun dort befand, und irgendwann hatte ich die Stadt verlassen.

Keinen meiner ehemaligen Kollegen sah ich je wieder. Von Willi und Manfred waren mir nicht einmal die Adressen bekannt gewesen, und ein privates Telefon besaß damals kaum jemand. Wenn ich die alte Ecke zufällig streifte, trank ich ein Bier am

Tresen der »Waldschänke« und erkundigte mich bei dem Zapfer, ob er in der letzten Zeit einen von uns gesehen habe. »Nein«, sagte der, »bloß dich.«

Etwa ein Jahr nach Posbichs Verschwinden faßte ich mir ein Herz und suchte das Haus, in das Fritz mich geführt hatte, um mir seinen Otto zu zeigen. Ich bin mir bis heute nicht sicher, ob jenes, das ich schließlich gefunden zu haben glaubte, das richtige war, denn der Name Fritz Riedel stand weder auf dem Klingelbrett noch auf einem der Briefkästen und auch an keiner Wohnungstür. Vielleicht, dachte ich, als ich zurück zur U-Bahn lief, ist er bloß umgezogen. Und wieder war ich irgendwie froh, daß alles offenblieb, auch die Wunde in meiner Brust, daß ich nicht nach Posbich, Willi, Manfred fragen und mich dann wegschicken lassen konnte.

Was ich zu erzählen hatte von der fernen und für mich kurzen Zeit in Udo Posbichs Buchdruckerei, ist erzählt. Ob das jähe Ende dieser Zeit Fritz und Manfred ebenso willkommen war wie mir, der linkshändigen Stümperin, weiß ich nicht. Doch ich wage zu vermuten, daß Manfred »Phönix« und »Mercedes« nicht gerne verlassen hat, obwohl es ihm wahrscheinlich leichter gefallen ist, sich an andere Maschinen zu gewöhnen als an fremde Menschen. Fritz hat womöglich doch noch Computersatz gelernt, aber sein »querulatorischer Opportunismus« wird ihn davor bewahrt haben, »auf schmerzendem Steißbein dahinzuwelken«, in immer demselben Betrieb.

– Und hier könnte nun wirklich Schluß sein, sogar mit den Spekulationen über das Schicksal meiner Kollegen, hätte mir der verschollen geglaubte Posbich, alias Paschke, nicht im Mai des vergangenen Jahres eine Mappe und drei Briefe geschickt, von denen nur der erste an mich gerichtet war. Aber ich denke, ich sollte auch die beiden folgenden nicht für mich behalten, weil sie zu meiner oder unserer Geschichte gehören und der zweite sinnlos wäre ohne den dritten.

IV

Werte Marita Schneider!

Daß ich Ihnen schreibe, hat seinen Grund. Sonntag vor zwei Wochen saß ich abends in meiner Küche und ließ das Radio laufen, wie oft, seit Fernsehen mich zu sehr anstrengt, weil meine Augen nicht mehr gut sind. Ich habe die Sendung aber nicht von Anfang an gehört und Sie auch nicht an der Stimme erkannt, doch sehr bald schon an dem, wovon Sie sprachen, auch wenn Sie, wie das wohl üblich ist, unsere Namen geändert und sich selbst sogar einen Spitznamen verpaßt haben, den Sie nie hatten. Ganz sicher war ich mir, als der Sprecher am Ende Ihren richtigen Namen sagte und daß Sie aus einem Romanmanuskript vorgelesen hätten.

Wahrscheinlich interessiert es Sie nicht, wie ich Ihre Ergüsse fand, und was Sie als Setzer so geleistet haben, wissen Sie ja selber.

Ein paar Tage später beschloß ich, Ihnen zu schicken, was ich Ihnen hiermit schicke. Der Sender sollte mir Ihre Adresse geben, doch die meinten, das dürften sie nicht; ich könnte an den Sender schreiben, und der würde die Post dann weiterleiten. Weil mir das nicht sicher genug war, suchten wir, meine Haushälterin und ich, Sie im Berliner Telefonbuch. Aber da gab es gleich viermal Marita und noch öfter M. Schneider. Und so sandten wir ein Päckchen, in dem das Päckchen für Sie steckte, und, damit die Leute dort es auch wirklich weiterschicken, reichlich Porto in Briefmarken, dann doch ans Radio.

Die Klemmappe mit den Abzügen sowie den Brief von Heinz Grünebaum, den Sie Willi nennen, an seine Schwester Ida Melchers bekam ich vor neun Jahren von eben dieser Schwester. Ich habe auch den Brief der Frau Melchers an mich dazugelegt, damit Sie wissen, wie und warum beides in meine Hände gelangte. Von dem, was in der Mappe ist, habe ich nicht viel gelesen, obwohl meine Augen damals noch in Ordnung waren. Es kam mir umständlich und langweilig vor, ich hielt es für einen literarischen Versuch Grünebaums, den er für sich privat abgesetzt hat, um dann auf meiner Kniehebelpresse Fahnen davon zu drucken, bis ich die Blätter meiner Haushälterin zeigte, die, nach meinem Diktat, auch diesen Brief hier geschrieben hat und in dem Land, aus dem sie stammt, mal

Deutschlehrerin gewesen war. Die meinte, es seien die ersten fünf Kapitel aus einem Buch mit dem Titel »Der Zauberberg«, das der Schriftsteller Thomas Mann verfaßt habe. Aber um diesen Mann und den Zauberberg ging es Heinz Grünebaum wohl weniger.

Warum ich Ihnen das schicke? Damit Sie Bescheid wissen über die Abgründe im Geiste eines richtigen Setzers, wie Heinz einer war (Abgründe, die Sie sich gar nicht ausdenken könnten!), und damit ich das nicht länger im Hause habe. Und wenn ich mal nicht mehr sein sollte, womit man in meinem Alter ja rechnen muß, würde es doch nur auf dem Müll landen.

Warum ich das Päckchen damals behalten und nicht an die Cousinenadresse zurückgeschickt habe? Weil ich erstens diese kranke Frau Melchers nicht kränken wollte. Weil das Zeug zweitens schließlich kein Brot fraß und eine, wenngleich nicht sehr angenehme, Erinnerung an die Zeit war, in der ich eine Druckerei besaß, und weil ich drittens schon eine Weile darüber nachdachte, ob sich die Grünebaumsche Grundidee nicht doch irgendwie kommerziell nutzen ließe. Aber dazu müßte einer noch mehr spinnen als Heinz, und außerdem ist die Zeit für so was vorbei.

Ich erwarte keine Antwort, höchstens eine Bestätigung, daß Sie alles erhalten haben.

P. S.: Sie brauchen mir Ihren Roman nicht zu schikken, wenn er denn jemals gedruckt wird, ich könnte ihn sowieso nicht lesen, und darüber, wie Sie mich beschreiben, will ich mich auch nicht noch einmal ärgern.

Gez.: Eginhard Paschke

Sehr geehrter Herr Paschke,

Sie kennen mich nicht, doch um mich geht es ja auch nicht, sondern um meinen Bruder Heinz, der mir das Beiliegende vor etwa zehn Jahren, als er schon untergetaucht war, von einem mir fremden Menschen bringen ließ. Kaum hatte ich das braune, unbeschriftete Päckchen geöffnet, lief ich aus der Wohnung und dem Haus, aber der Fremde, der es mir, auf seinen in einen dicken Schal gewickelten Hals weisend, wortlos gereicht hatte, und den ich nun, ob er heiser war oder nicht, doch fragen wollte, wo er Heinz getroffen habe und ob er etwas von ihm wüßte, war wie vom Erdboden verschluckt.

Herr Paschke, nachdem Sie verschwunden waren und mein Bruder, richtiger mein Halbbruder Heinz, seine Arbeit bei Ihnen verlor und, betagt wie er ja schon war, auch keine neue mehr fand oder wollte, hat er in meinem Beisein zu unserer Mutter gesagt, Sie seien wahrscheinlich entweder tot oder im Kittchen oder im Westen. Wenn Sie aber im Kittchen wären, würden Sie über kurz oder lang auch im Westen landen. Das ist mir vor einiger Zeit wieder eingefallen. Und da ich sehr krank bin, aber noch nicht auf Rente gesetzt, und – selbst wenn sie mich demnächst invalidisieren sollten – keine Westverwandten vorzuweisen hätte, bat ich meine einzige Vertraute, die bereits seit zwei Jahren Rentnerin ist und darum jederzeit rüberfahren kann, herauszufinden, ob es Sie gibt im anderen Teil der Stadt oder in einer anderen Stadt im anderen Teil des Landes.

Zu meiner großen Erleichterung hat sich nun herausgestellt, daß Sie noch leben, und tatsächlich nicht in einem westlichen Dorf, was immerhin auch möglich gewesen wäre, die Suche nach Ihnen jedoch sehr erschwert, wenn nicht sogar unmöglich gemacht hätte, sondern in der Stadt Hamburg. Das Telefonbuch von Hamburg war, nachdem meine Freundin diverse Paschkes und einen E. Paschke aus dem Berliner sowie einen Eginhard Paschke aus dem Münchener Telefonbuch angerufen hatte, das dritte, das sie auf einem Postamt durchblätterte. Da fand sie dann zwei Paschkes mit dem Rufnamen Eginhard, aber unterschiedlichen Adressen. Gleich der erste war zu Hause und bejahte die Frage, ob er in Ostberlin einmal eine Druckerei betrieben habe, war also der richtige, nämlich Sie. Nun mußte meine Vertraute, die allerdings nicht wußte, was drin war, das Päckchen nur noch per Einschreiben aufgeben.

Sie waren also verschwunden, und dann verschwand Heinz, und ein halbes Jahr drauf verblich, obgleich ich ihr Heinz' Brief an mich nie gezeigt und auch kein Sterbenswort darüber verloren habe, unsere alte Mutter, wohl vor Kummer über die Herzlosigkeit ihres geliebten einzigen Sohnes. Denn daß er noch am Leben war, zumindest zu dieser Zeit, sie nach wie vor bloß verlassen hatte, das wenigstens habe ich ihr gesagt, weil sie glaubte, ihm müsse etwas zugestoßen sein, sonst wäre er wieder bei ihr, nun, da bald ihre letzte Stunde schlage.

Ja, und demnächst wird es mit mir auch zu Ende sein, obwohl ich siebzehn Jahre jünger bin als Heinz. Deswegen bekommen Sie jetzt den Brief und das Päckchen; meine Söhne sollen es nicht finden, wenn ich nicht mehr bin, und es, wie von Heinz vorgeschlagen, zu verbuddeln, bringe ich doch nicht fertig. Ich denke ja gar nicht daran, ein derart peinliches Geheimnis, und wenn es das meines Halbbruders ist, mit ins Grab zu nehmen. Immerhin ist Heinz erst verschwunden, nachdem Sie es ihm vorgemacht haben, und er hat seinem widerwärtigen Laster, so muß man das schon nennen, in Ihrem Betrieb gefrönt. Schon deshalb sind Sie für mich der einzige Mensch der Welt, den interessieren müßte, wie der unauffällige, stille, fleißige Heinz wirklich war: undankbar, hinterlistig, boshaft, eitel, feige und verdorben. Daran ändert auch sein Brief nichts, im Gegenteil, der macht alles nur noch schlimmer. Seit ich diesen Brief kenne, weiß ich, der Mensch ist wie die Arche Noah: Es sind alle Tiere an Bord, aber nicht alle gleichzeitig an Deck.

Ja, Herr Paschke, Sie haben wir gefunden, Heinz aber nicht. Obwohl er mich in seinem Brief gebeten hat, es nicht zu tun, bin ich im Januar 1979 zur Polizei gegangen und habe eine Vermißtenanzeige aufgegeben, schon wegen der Nachbarn unserer Mutter, die komische Fragen stellten. Den Brief habe ich den Polizisten nicht gezeigt, die Klemmappe gleich gar nicht, sondern erzählt, daß ein Mann mich besucht und gesagt habe, Heinz Grünebaum sei in Taschkent. Die ließen mich aber nicht sofort wieder gehen, sondern wollten wissen, warum ich erst jetzt käme und diesen ominösen Mann nicht festgehalten hätte, und auch sonst noch alles mögliche. Heute denke ich, daß Ihre Flucht der Grund für diese tausend Fragen war. Schließlich stellte sich heraus, daß Heinz tatsächlich am 14. August 1978 mit einem Touristenvisum in die Sowjetunion gereist war. Kurz nach Ihrem Verschwinden haben sie Heinz, einen parteilosen Mann im Rentenalter, der für Sie gearbeitet hat, in die UdSSR gelassen.

Das kann ich mir nur damit erklären, daß die Reisebehörde von der anderen Behörde aus Fahrlässigkeit oder irgendwelchen sonstigen Gründen nicht schnell genug informiert worden war. Aber angeblich ist Heinz aus der Sowjetunion nicht wieder ausgereist, und auch die dortigen Behörden hätten, so jedenfalls erklärte es mir der Kriminalbeamte, der die Akte Grünebaum betreute, nur einen Vermerk über seine Einreise.

Heinz galt nun offiziell als vermißt, doch sie fanden in dem großen Lande all die Jahre niemanden, in keinem Zustand, auf den die Beschreibung des Heinz Grünebaum gepaßt hätte.

Wissen Sie, wir, die wir den Krieg mitgemacht haben, sind es gewohnt, daß Menschen verlorengehen, und nach dem, was man so hört, passiert das auch heutzutage gar nicht selten, selbst in unserem Staat.

Vor ein paar Wochen bekam ich ein Schreiben, in dem mir mitgeteilt wurde, daß es üblich sei, Vermißte, wenn es zehn bis fünfzehn Jahre lang kein Lebenszeichen von ihnen gegeben hätte, für tot zu erklären. Ich sollte mich äußern, ob ich das will. Ich habe geschrieben, daß ich es nicht will, noch nicht. Aber bald, Herr Paschke, werden darüber andere entscheiden.

Wer weiß, wo Heinz nun ist? Vielleicht ist er in einer sowjetischen Klinik gelandet, wo er den Taubstummen simuliert, weil er ja bloß ein paar Brokken Russisch kann, oder unter Spionageverdacht in einem Gulag oder als verweste Moorleiche, die nicht mehr zu identifizieren war, in einem anonymen Erdloch.

Doch ich denke, Heinz lebt; ist in einer Nebelnacht an einer günstigen Stelle aus der Transsibirischen Eisenbahn geklettert und sitzt noch immer tief in der Taiga, in irgendeinem Dorf, bei einem gewissen Aljoscha hinter dem Ofen, spielt den Narren, säuft Milch zur Kohlsuppe und lacht, bis sein falsches Herz eines Tages von ganz alleine stehenbleibt.

Sehr geehrter Herr Paschke, ich bitte Sie um Diskretion, auch wenn Sie wohl sehen, daß ich nur mein Gewissen, meinetwegen auch meine Seele, erleichtern möchte. Aber ich kann Ihnen selbstverständlich nichts verbieten, nur weil ich Ihnen etwas anvertraue, was ich nicht mehr haben will.

Bitte antworten Sie nicht auf meinen Brief. Ich ersuche Sie bloß höflichst, an die Westberliner Cousine meiner Freundin ein Kärtchen zu schikken, das verrät, ob mein Päckchen eingetroffen ist.

Wenn das Päckchen Sie aber verfehlt hat, vielleicht weil die Adresse aus dem Telefonbuch veraltet ist oder weil Sie es nicht annehmen wollten, wird es wohl an die Westberlinerin zurückgeschickt werden, dann muß ich weiter nachdenken, solange ich das noch kann.

Und sollte ein unwahrscheinlicher Zufall Sie doch noch einmal mit Heinz zusammenführen, sagen Sie ihm bitte nicht, was ich getan habe.

Mit freundlichen Grüßen, auch an Ihre Frau, sofern das Schicksal Sie beide nicht schon getrennt hat.

    In Dankbarkeit

        Ida Melchers

Liebe Ida,

Mutter weiß es im Grunde ihrer schwarzen Seele, aber Du, die Du mich ja nicht fragen kannst, wirst *Dich* wohl fragen, warum ich sie verlassen habe. Du wirst auch rätseln, wo ich mich befinde. Ferner wunderst Du Dich sicher, nun, da ich schon über zwei Monate fort bin, einen Brief von mir zu bekommen, denn wir haben einander nie geschrieben, ich Dir so wenig wie Du mir.

Ida, ich habe Mutter verlassen, weil es das Ventil nicht mehr gibt, das ich selbst geschaffen oder zumindest entdeckt habe und das mir die letzten zwei Jahre ermöglichte, sie auszuhalten. – Du wirst diesen Brief nicht gerne lesen, und ich habe keinen rechten Grund, mich gerade an Dich zu wenden. Doch Du bist, nach Mutter, mit der ich im Leben nichts mehr zu tun haben will, meine engste Verwandte, und andere Menschen kenne ich auch kaum, erst recht nicht deren Adressen.

Hier fand ich Zeit zum Nachdenken und habe beschlossen, wenigstens Dir mein Geheimnis zu verraten. Wer, wenn nicht Du, sollte die unsäglichen Geheimnisse, die zu meinem Geheimnis führten, überhaupt nur ahnen können. – Als Paschke verschwand und ich folglich meine letzte

Arbeitsstelle verlor, war ich siebenundsechzig. Ich hätte also schon Rentner sein können, doch ich wollte nicht, wegen des bereits erwähnten Ventils, das zu meinem Geheimnis gehört. Außerdem wäre ich dann von früh bis spät mit Mutter zusammengewesen, und nicht, wie sonst, nur die Abend- und Nachtstunden über. Du weißt nicht, wie schwer es für mich war, Mutter sehen, hören, riechen, anfassen zu müssen, nicht erst in den letzten zwei Jahren; ich habe es Dir ja nie gestanden, habe ohnehin kaum gesprochen, und wir sind uns, nicht allein wegen des Altersunterschiedes, beinahe fremd. Du warst, als Du Deinen ersten Sohn Harald bekamst, kaum achtzehn – so jung wie Mutter bei meiner Geburt –, hast den viel älteren, einarmigen, aber wohlbestallten Melchers geheiratet und bist aus dem Haus gegangen. Was heißt gegangen? Getürmt bist Du, mit fliegenden Fähnchen, denn Kleider konnte man das, was Du am Leibe trugst, nun wirklich nicht nennen. Ich fand keine Frau, die gut genug für mich gewesen wäre, nicht einmal eine, die mich trotzdem genommen hätte, auch dafür hat Mutter gesorgt. Dich ließ sie ziehen, denn ob sie es, zumindest sich selbst, je eingestehen mochte oder nicht, sie wollte mit mir alleine sein. Du warst ihr braves, kluges Mädchen, aber gestört hast Du sie doch bei der Erziehung ihres großen, verstockten Jungen, der seinem seit 1915 schon toten Vater äußerlich immer ähnlicher wurde und den sie einfach nicht mehr in den Griff bekam, obwohl sie ihn so gut in der Hand hatte, wie Du Dir es sicher nicht vorstellen konntest noch kannst, so gut, daß er bei ihr blieb und sogar aus Krieg und Gefangenschaft zu ihr zurückkehrte.

Wo hätte ich auch hinsollen im Winter siebenundvierzig? Unser Block war stehengeblieben, Mutter hatte Lebensmittelmarken und ich neue Hoffnung. Ich will schweigen von ihrem Geiz, ihrer Putzsucht, ihrem Hygienetick und meinen Läusen aller Art, von den Reinigungsritualen, die sie, als wäre ich nicht weg gewesen und nichts seither geschehen, mit mir, einem nun schon Vierunddreißigjährigen, wieder veranstalten wollte, davon, wie sehr ich die Waschorgien in der Küche verabscheute, auf denen sie bestand, auch nachdem ich sie das erste Mal geschlagen hatte. Da war ich sechzehn und wußte mir noch nicht anders zu helfen, denn wenn ich ihr widersprach, hieß sie mich schweigen. Sie sagte, meine Stimme klinge, als ob eine Ziege in einen Melkeimer pinkle, dabei habe mein Vater gesungen wie Caruso. Überhaupt ging sie mir dauernd auf die Nerven mit meinem Vater, den ich so wenig kannte wie Du Deinen, doch von Deinem war nie die Rede. Ich werde Dir weder die Angstattacken noch die Gewitterphobien beschreiben, die sie nachts an mein Bett trieben und oft auch hinein, bis ich es nicht mehr zuließ, dafür dann aber ihr stundenlanges Gezeter, ihr Flehen und ihre rotzigen Tränen ertragen mußte, ehe der Wecker mich endlich zur Arbeit rief.

Erinnerst Du Dich an die ekelhafte Gerstengraupenpampe, die sie kochte, wenn sie einen bestrafen wollte? Oder an ihre Schwächeanfälle, in die sie sich so hineinsteigerte, daß sie über Tage wie erstarrt in ihrem Sessel lag, das Essen, das Waschen und sogar den Gang zur Toilette verweigerte? Holte ich dann den Arzt, und sie akzeptierte nur den alten Doktor Bartsch, verordnete der Pillen, Milchsuppen und Einläufe, die ich ihr zu verabreichen hatte, schließlich sei sie meine Mutter. Glaub mir, Ida, ich könnte Dir Einzelheiten schreiben, die würden Dir die Schamröte ins Gesicht jagen und den Magen umdrehen.

Warum ich dennoch so lange bei ihr geblieben bin? Warum ich sie nicht umgebracht habe im Affekt oder planmäßig? Ich weiß es nicht. Es war wohl so, daß sie mir doch auch leid tat, und das wiederum tat mir gut. Wenn ich sie irgendwie geliebt haben sollte, oder was sonst dieses hitzige Gefühlsgemisch aus Rachsucht, Rührung und Reue gewesen sein mag, dann liebte ich sie im Haß, nicht umgekehrt. Die Leidenschaft, mit der sie mich traktierte, ließ keine Gleichgültigkeit zu. Ich war an die starken, widersprüchlichen Empfindungen, die

Mutters erpresserisches Wesen bei mir auslösten, gewöhnt wie an die Zigaretten, die ich zu Hause nicht rauchen durfte.

Als Mutter dann alt und wirklich krank wurde, und ich noch immer nicht gegangen war, obwohl ich jeden Abend brav gebetet hatte, morgen suchst du dir 'ne eig'ne Bleibe, konnte ich nicht mehr fort. Ich konnte nicht verzichten auf meinen mit- und wehleidigen Haß. Ich konnte sie nicht sich selbst überlassen. Du wohntest ja längst in Dresden, hattest studiert und zwei Söhne. Es wäre feige gewesen, jetzt zu gehen, da sie von Tag zu Tag mehr verfiel, kaum noch laufen, denken, schlucken konnte. Ich habe ihr morgens beim Anziehen geholfen, ihr das Radio eingeschaltet, sie in den Sessel gesetzt. Wenn sie sich nicht wieder hingelegt hatte, hockte sie abends noch dort und zerrieb mit den Fingerkuppen ihre Batisttaschentücher. Ich habe ihr Stullen geschmiert, die sie manchmal aß, sie gekämmt, wenn sie es zuließ. Aber schöner oder wenigstens friedlicher machten ihre Leiden sie nicht. Sie sah aus wie ein getrockneter Haifisch und schaute auch so. Sie schimpfte, spuckte, kratzte, versteckte ihre dreckige Wäsche. Ich habe oft gehofft, daß ich eines Tages ins Wohnzimmer käme, und sie wäre eingeschlafen für immer.

Ja, kleine Ida, und dann ging ich weg vom Druckkombinat, wo ich alter Trottel zuletzt fast nur noch mettierte, denn Linotype wollte ich nie können, und Akzidenzsachen kamen kaum noch rein. Außerdem erlaubte mir Mutters Gesundheitszustand keinen Schichtdienst mehr.

Ich fing beim Privaten an, bei Paschke in der Frankstraße acht. Hier erst machte die Not mich schließlich erfinderisch, ich schuf dieses fabelhafte Ventil, das es mir gestattete, meinem Haß Ausdruck zu verleihen, und dessen Vervollkommnung mich beschäftigte wie die Frage, ob und wann jemand mein heimliches Treiben bemerken würde.

Es begann damit, daß meine Sehschärfe, auf die ich immer so stolz gewesen war, allmählich wohl doch nachließ. Gegen Ende meines ersten Jahres bei Paschke, an einem trüben Wintertag, ich war todmüde wegen Mutter, die erkältet war und mich alle Nächte um den Schlaf bellte, hatte ich fünfhundert Zeilen glatten Maschinensatzes der im A4-Format erscheinenden Zeitschrift »Sport Frei!« des Turnvereins »Blau-Grün« durchschossen, umbrochen, ausgebunden und mir Korrekturfahnen gedruckt, da merkte ich, daß ich kaum lesen konnte. Die Buchstaben tanzten mir vor den Augen wie Mükkenschwärme, wuselten umeinander wie Ameisen. Und ohne daß ich es wollte oder weil mir davon schwindelte, suchte mein Blick das Stille auf den Blättern, und das war das Buchstabenfreie, das

Leere, nämlich die Zeilenabstände und Wortzwischenräume. Die drängten sich mit einem Male hervor aus der Schrift, bildeten Diagonalen, gezackte und sogar gekurvte Linien, formierten sich zu weißen Zeichen zwischen den schwarzen. Nun sind die Wortabstände bei Gußsatz ja oft recht unregelmäßig, und daher machen Maschinensatzseiten, anders als die Zeile um Zeile manuell und, wenn es darauf ankam, noch mit Papierspazien ausgeglichenen Handsatzseiten, meist einen ziemlich disharmonischen Eindruck. Die Linotypeschrift, die mein Kollege Egon, ein flachsblonder, redseliger Schnellsetzer ohne ästhetisches Feingefühl, für das blau-grüne Vereinsblatt gebrauchte, war eine Brotschrift, eine acht Punkt »Bodoni« mager, und genau die hatte ich auch in zwei Kästen zu liegen. Nicht so sehr den verschwommenen Beobachtungen, die ihr vorausgegangen waren, sondern der plötzlichen und eher praktischen Erkenntnis, daß der Laie Maschinensatz, sofern er aus der gleichen Schrift ist, in gedrucktem Zustand von Handsatz nicht unterscheiden kann, verdankte ich nun den Urknall der Erfindung, der ich mich in den letzten Monaten meiner Berufstätigkeit hingeben sollte und die ich Ventil nenne, ein Ventil, durch das endlich die Wut entwich, die sich in mir angestaut hatte mein ganzes Leben über. Wenn Maschinensatz, allerdings nur sorgsam ausgeglichener, Handsatz täuschend ähneln kann – und oft genug hatte mich Paschke dazu aufgefordert, mit der Ahle an Gußzeilen herumzukratzen, damit die Schrift gebraucht wirke und er das jeweilige Druckerzeugnis als teuren Handsatz verkaufen konnte –, dann mußte es umgekehrt möglich sein, Handsatz so zu türken, daß selbst Paschke ihn für Maschinensatz hielt. Wenn beim Maschinensatz keine andere Willkür als die der Wortläufe und -längen diese weißen Strukturen zwischen den Wörtern und Zeilen hervorbringt, dachte ich, kann ich das im Handsatz auch steuern, manipulieren, einsetzen im wahrsten Sinne des Begriffes, und zwar so, daß sich *die* Formen ergeben, die ich mir wünsche. Formen, die, wenn man die Seite mit unscharf gestelltem Blick oder ohne seine Brille betrachtet, sich herauslösen aus der nurmehr als eine Art Schraffur wahrnehmbaren Schrift, aber zart, also gerade so deutlich, daß der Betrachter grübelt, ob die erspähte Form beabsichtigt sei oder zufällig entstanden, wie etwa die an ein Schaf erinnernden Umrisse eines Wasserflecks, bis, ja, bis er, zwei, drei Seiten weiter, die nächste Form entdeckt, und dann die übernächste, und so fort. – »Tür und Fenster höhlen die Wände. Da, wo nichts ist, liegt der Nutzen des Hauses«, sagt der große chinesische Philosoph Lao Tzu im »Tao-te ching«, dem Buch vom Weg und von der Tugend, das ich einst setzte, von der ersten bis zur letzten Zeile. – Ich vergewisserte mich also, daß Paschke in seinem Büro hockte, schob mir den volleren der beiden Petit-»Bodoni-Antiqua«-Kästen aufs Pult, stellte den Winkelhaken ein und fing an, Egons zehn Seiten des Vereinsblatts aus meinen Lettern nachzusetzen. Die erste Versalie, die ich, logischerweise gleich den Typen in Spiegelschrift, aus Blindmaterial formte, war ein über fünfzig Zeilen à achtunddreißig Cicero verteiltes M. Damit ich es hinbekam, mußte ich diverse Wörter neu trennen, zwischen anderen die Lücken verringern oder verbreitern. Außerdem achtete ich darauf, daß mir die Schenkel des M weder parallel noch allzu geradlinig gerieten, denn es sollte ja nicht ins Auge springen, sondern nur ertastet werden können von einem weichen, müden Blick, mehr zu ahnen als zu sehen sein. Auf dem Korrekturabzug fand ich meinen ersten weißen Buchstaben dann aber doch noch recht grob und deutlich. Ich verkleinerte das M, verwischte seine Konturen, indem ich es, aus der Seitenmitte heraus, nach links unten versetzte und es schmaler und eine Idee gezackter laufen ließ. Dann baute ich in die nächste Seite ein U, in die dritte und vierte je ein T. Dann nahte leider die Mittagspause. Ich druckte mir Fahnen von U, T und T, schob den Satz ausgebunden auf ein Schiff, das ich in meinem Spind einschloß.

Als ich in der »Waldschänke« einen Teller Linsen löffelte, wurde mir allmählich klar, auf was ich da gekommen war, welche Möglichkeiten in meiner Entdeckung steckten, wieviel Vergnügen mir altem Zausel plötzlich bevorstand. Ich beschloß, bis zum Feierabend auch noch die übrigen fünf Versalien meines ersten konspirativen Wortes ebenso vielen Seiten einzuschreiben.

Ich sann hin und her, wie ich es wohl drehen konnte, daß statt des Maschinensatzes meiner in die Schnellpresse kam. Zu jener Zeit druckte Paschke nämlich noch selbst, doch hin und wieder, wenn er Wichtigeres zu tun hatte oder keine Lust, ließ er es mich erledigen. Paschke hat mich, denke ich, damals hauptsächlich genommen, weil ich, wie einst die Schweizerdegen, eben auch Buchdruck gelernt hatte, allerdings erst nach dem Krieg. Ich mußte Paschke Mittwoch, wenn die Vierhunderter-Auflage des Vereinsblattes in Druck zu gehen hatte, irgendwie weglocken. Nun hatte Paschke, der ein Fischersohn aus Stralsund war, ein Hobby. Jedes Wochenende, selbst im Winter, saß er am Wolziger See und lehrte die Barsche das Gruseln. So faßte ich den Plan, ihm übermorgen zu erzählen, daß in dem Geschäft, an dem ich täglich vorbeilief, tschechische Spinnangeln eingetroffen seien, aber nur fünf Stück. Für den Weg zum Laden und zurück würde er etwa die drei Stunden brauchen, die mir für »Sport Frei!«

reichen mußten. Daß Paschke ohne Angel wiederkehren, mich Lügner schimpfen und schlechte Laune haben würde, nahm ich gerne in Kauf, kam meinen Absichten sogar entgegen.

Ich trank noch ein kleines Helles und freute mich wie ein Kind auf nächste Woche, denn da war das vierteljährlich erscheinende Ärzteheft »Diagnose« fällig, und unser hypochondrischer Maschinensetzer Egon würde wieder die im Manuskript beschriebenen Symptome eines Morbus Sowieso an sich feststellen und hoffentlich wieder zum Doktor schleichen und anschließend einen auf mindestens drei Tage ausgestellten Krankenschein schicken. Paschke hätte ein Problem, aber ich, ganz der nette Kollege, würde, wie schon manches Mal, wenn Egon nicht da, also Not am Manne war, den Auftrag unter meinem Tarif im Handsatz erledigen und hätte freie Bahn für die bösesten Botschaften – auch in der »Diagnose«, die immerhin fast nur Akademiker bezogen.

Ach Ida, Du kannst Dir nicht vorstellen, wie frisch und diebesflink ich mich über die E-, die R-, die S-, die A- und schließlich die U-Seite hermachte. Jawohl, mein erstes weißes Wort, meine erste Botschaft, mein erster Gruß an den einen unter den Lesern dieser popligen Publikation des Turnvereins »Blau-Grün«, der es vielleicht enttarnen würde, hieß MUTTERSAU. Es hätte auch SAUMUT-

TER lauten können, aber kam es mir darauf an? Ob nun so oder andersherum, das war nicht besonders wichtig. Immerhin, das Wort Muttersau bezeichnet nur ganz unverfänglich ein weibliches Schwein, welches Ferkel hat oder Frischlinge, während Saumutter eindeutig eine Gemeinheit ist, und auch noch eine, die bayerisch klingt. – Du verstehst, wirklich wichtig war mir nur, daß ich Mutter beschimpfen, beleidigen, verhöhnen konnte. Ohne den Mund aufzumachen, ohne zu schreiben im üblichen Sinne, schrieb ich über Mutter, was immer mir einfiel. Allerdings meist bloß einzelne Wörter oder ganz kurze Sätze, denn die Drucksachen, die wir in Paschkes Bude produzierten, speziell die handgesetzten, waren ja nicht sehr umfangreich. Dem wirkte ich so gut es ging entgegen, indem ich meine Methode verbesserte und verfeinerte. Bald brachte ich auf einer DIN-A-4-Seite glatten Satzes bis zu sechs Weißversalien unter – denn bei Versalien blieb ich, weil Kleinbuchstaben, besonders f und g, aber, wegen der Punkte, auch i oder j, zu kompliziert gewesen wären.

Sicher habe ich mich oft gefragt, was es wohl für Konsequenzen hätte, wenn man mir doch einmal drauf käme, wonach ich mich, wie vermutlich jeder Undercovererfinder, ja auch sehnte. Was wäre geschehen, wenn sie mich als Urheber dieser versteckten Mutterflüche ausgemacht und zur Rede gestellt hätten? Ich hätte natürlich alles abgestritten, das aufgeflogene Wort einfältig grinsend zum erstaunlichen Zufall erklärt. Dabei wäre ich geblieben. Und wenn sie sich damit nicht zufriedengegeben und noch andere weiße Wörter in anderen Broschuren gesucht und gefunden hätten? Was hätten sie mir gekonnt? Ich hatte nicht gegen das Druckgenehmigungsgesetz verstoßen, denn meine Wörter bestanden nicht aus Buchstaben, sondern aus nichts. Was, wenn nicht Formen aus nichts, sind planvoll angeordnete Leerstellen zwischen den letzten Buchstaben der vorigen und den ersten der folgenden Wörter? Meine knappen Botschaften waren nichts weiter als private Feindseligkeiten gegen meine Mutter, schlimmstenfalls gegen Mütter allgemein, keine aufrührerischen Parolen, die man mit meiner Technik wohl auch ganz gut in die Welt setzen könnte. Und das wäre der heikle Punkt gewesen; die Angst vor wirrköpfigen Trittbrettfahrern, potentiell destruktiven Subjekten, etwa hinterhältig zum Umsturz anstiftenden Kleinunternehmern, wie Paschke einer war. Solcher Befürchtungen wegen hätten sie mir, bei Androhung von Strafen im Falle der Zuwiderhandlung, geboten, für immer damit aufzuhören. Nein, an die große Glocke hätten sie es sicher nicht gehängt, sie hätten sich lächerlich, mich aber berühmt gemacht, und so die Gefahr des Beispiels, der

Nachahmung mit womöglich dissidentischen Inhalten, selbst heraufbeschworen. Wahrscheinlich hätten sie mir, dem ohnehin schon Rente zustand, Berufsverbot erteilt, auch wenn die Gefahr der »antisozialistischen Hetze«, wie sie jede Meinung nennen, die ihnen nicht in den Kram paßt, von mir nicht ausging. Denn ich, Ida, Du weißt es, war immer ein unpolitischer Mensch, obwohl ich Setzer war. Unter Hitler ist aus mir kein echter Nazi geworden und in der sowjetischen Kriegsgefangenschaft erst recht kein Kommunist, doch das habe ich stets für mich behalten.

Gewiß, mehr als mich, einen alten, bleigeschädigten Stehkragenproleten, nach dem schon die Grube rief – oder besser die Sondermülldeponie –, hätten sie Paschke am Arsch gehabt, ihm nicht abgenommen, daß er nichts gewußt habe, ihm mangelnde Verantwortungsbereitschaft und Verletzung der Aufsichtspflicht vorgeworfen, ihm die Konzession entzogen, seinen Betrieb geschlossen. Aber dem war er ja gemeinerweise zuvorgekommen. Ach Ida, Paschke hat alles verdorben, meine schönsten Befürchtungen, meine schlimmsten Hoffnungen aus Selbstsucht ruiniert! Obwohl, als wir im Sommer vor versiegelter Tür standen, glaubte ich einen Moment, nun sei es endlich soweit, jemand hätte mich erkannt und verpetzt.

Doch Angst wie Stolz zerschlugen sich – spätestens bei der Vernehmung auf einem ganz gewöhnlichen Polizeirevier. Entschuldige, jetzt greife *ich* vor, dabei weißt Du längst noch nicht genug.

Egon wurde dann doch nicht krank, denn jene Nummer der »Diagnose« widmete sich von vorne bis hinten nur den Problemen der Frauenheilkunde, die Egon auch sehr interessierten, aber logischerweise nicht die hypochondrischen Reaktionen auslösten, auf die ich spekuliert hatte.

Es ergaben sich später andere Gelegenheiten; so schaffte ich es, in den drei Wochen, die Egon Jahresurlaub hatte, fünf Mutterflüche zu lancieren. Den September über, als Paschke Ferien machte und ich erfolglos versuchte, mir seinen Generalschlüssel nachfeilen zu lassen, konnte ich in »Sport Frei!« sowie in einer Broschüre für die »Gesellschaft Junger Naturschützer« und in einer Promotionsschrift zur »Saratower Methode der fehlerfreien Arbeit« sogar insgesamt sechs komplette Sätze unterbringen.

Du willst wissen, was für Flüche und Sätze das waren? Selbst wenn ich sie noch zusammenbekäme, es wäre mir peinlich, sie Dir zu wiederholen. Nur so viel: Im Falle von »Sport Frei!« handelt es sich um Heft 10/77; mein erstes Wort MUTTERSAU, das mir allerdings unvergeßlich ist und vergleichsweise brav, befindet sich in Heft 1/77 dieser Zeitschrift, und es gibt Bibliotheken. Apropos Bibliotheken – in diesen Etablissements wurde ich, der ich mir aus Büchern, Literatur und dergleichen wenig machte, weil ich ja schon von Berufs wegen nicht umhin kam, allen möglichen Käse zu lesen, bald Stammgast.

Es lag ja nahe, daß ich den Verdacht schöpfte, vor oder neben mir könnten auch andere Setzer auf die Wortzwischenräume und das sich daraus ergebende Spiel gekommen sein. Hatte oder habe ich, fragte ich mich bang, einen mit mir konkurrierenden Komplizen – oder gar mehrere? Sollte ich einen solchen entdecken, und der schon gestorben sein, was wahrscheinlich war, denn die Zeit des klassischen Werksatzes lag seit Jahrzehnten hinter uns, so wäre ich kein Erfinder, sondern bloß dessen Schatten, ein Nachahmer, wenngleich einer, der bis gestern nicht wußte, daß er nur zweiter geworden ist. Doch was, wenn ich in einer neueren Drucksache, irgend so einem weiß der Geier wo produzierten Wurstblatt für Aquarianer oder Philathelisten, auf geformte Wortzwischenräume stieß, der Setzer also ein lebender Kollege war? Sollte ich dann Kontakt zu ihm aufnehmen? Wenn ich mich aber wirklich dazu entschloß, wofür würde er mich halten? Für einen Spitzel, einen potentiellen Erpresser? Für einen Parallelerfinder? Würde er mir glauben, daß ich, unabhängig von ihm, auf etwas gekommen war, das Millionen Handsetzer in Jahrhunderten an ihren Pulten in den Gassen dieser Welt auch hätten entdecken können? Oder wäre er so borniert, in mir nichts als einen Imitator zu sehen, einen gefährlichen, weil geltungssüchtigen Dieb? Und woher wollte ich die Gewißheit nehmen, daß nicht jener andere *mich* kopierte?

Ida, ich habe beinahe jeden Tag nach der Arbeit die Bibliotheken der Stadt besucht, jedoch nie ein Buch entliehen, sondern bloß bis zur Sperrstunde systematisch Band um Band durchgeblättert und nichts gefunden als – auf den schlampigen Linotypeseiten aus Pößneck, Plauen oder Leipzig – gelegentlich das Fragment einer weißen Diagonale. So lange die Bibliothekarinnen mir nicht den Leseausweis abnahmen, war es mir egal, ob sie mich für wahnsinnig hielten.

Kurz nachdem Paschke aus dem Urlaub zurück war, stellte er einen Drucker ein, einen dicken, blassen Kerl, der Tabletten schluckte und ebenso wortkarg war wie ich. Das bedeutete, daß ich fortan bei den Pressen nichts mehr zu suchen hatte, was mich zunächst nur mäßig verdroß, denn noch erwartete ich – wie ein Krebsverdächtiger die Laborbefunde –, bald voller Furcht, bald mich beschwichtigend, die eventuellen Folgen jener Zeichen von mir, die bereits unters Volk gebracht waren. Außerdem verspürte ich den Drang, mich zu üben, vollendet feine Gebilde zu schaffen – lange, nicht dem Zwang begrenzter Seitenmengen unterworfene Sätze. Denn nun, da ich das Ventil einmal kannte, wollte ich auch nach Herzenslust Dampf ablassen. Ein ganzes Buch schwebte mir vor, ein dicker Wälzer, schier endloser, von störenden Absätzen kaum unterbrochener glatter Werksatz, wie er früher, als es die ordinären Linotypes noch nicht gab und erst recht nicht den neumodischen amerikanischen Lichtsatz, für meinesgleichen die babyeierleichteste Sache der Welt gewesen war.

Bei einem meiner Streifzüge durch die Bibliotheken war mir ein schön gebundener Tausendblättler aus den dreißiger Jahren in die Hände gefallen, Thomas Manns Roman »Der Zauberberg«. Und wie ich da so am Regal lehnte und Daumenkino spielte mit dem Zauberberg, kam mir der Gedanke, daß gerade dieser Brocken Prosa doch ein meinen Absichten recht dienlicher Vorder- oder Hintergrund wäre. Außerdem gewann ich beim flüchtigen Lesen den Eindruck, daß ich, während der mir bevorstehenden langwierigen Arbeit, am Text dieses wohl zu Recht berühmten Autors sogar Gefallen finden könnte. Also ging ich in eine große Buchhandlung, und tatsächlich gab es ihn da zu kaufen, den Zauberberg.

Wann immer mir etwas Zeit dafür blieb, setzte ich nun aus meiner Lieblingsschrift, der eleganten »Semper-Antiqua«, ein Stück Zauberberg nach und meinen weißen Text hinein. Ich versuchte, jeden Tag mindestens eine Seite zu schaffen, denn sicherheitshalber wollte ich den Satz nicht über Nacht oder gar übers Wochenende stehenlassen. Hatte ich eine Seite fertig, druckte ich mir die Fahne davon, begutachtete meine Versalien, korrigierte die zwei, drei Fehler, druckte die gültige Fahne, steckte sie in meine Tasche, vernichtete die vorige und legte den Satz ab. Verließ ich dann um vier meine Gasse, blieb nicht die kleinste Spur zurück. Daheim bei Mutter holte ich das Blatt wieder raus aus der Tasche und legte es zu den anderen in Vaters Schweinslederkoffer, dessen Schlüssel ich immer am Halse trug.

Ja, Ida, betrachte Dir die vierhundertvierundvierzig Seiten ganz genau, leg die Brille weg, laß die Lider hängen, schau durch Deine dichten schwarzen Wimpern, und lies im Zauberberg, was unsere herrische, ungezügelte, widerwärtige Mutter Deinem halben Bruder angetan hat. Er ist leider nicht zu Ende gekommen mit dem Zauberberg und seinem zornigen Bekenntnis aus weißen Großbuchstaben, wegen Paschke, dem ahnungslosen Egoisten. Aber Dir dürften die fünf Kapitel allemal reichen.

Der Rest, Ida, wird sich leichter schreiben. Genau zwei Wochen bevor Paschke verschwand, ging ich, eigentlich nur, weil diese Besuche schon zur Gewohnheit und Mutter noch unausstehlicher, das Heimgehen also weniger verlockend denn je geworden war, mal wieder in die Staatsbibliothek. Längst hatte ich begonnen, nicht nur auf deutsch verfaßte oder in unsere Sprache übersetzte Bücher durchzublättern, sondern daneben englische, französische, italienische, russische, spanische, ungarische, tschechische, polnische, bulgarische, eben alle, deren Schriften von links nach rechts verliefen und in den geregelten Bahnen einer halbwegs begreiflichen Zeichensetzung. Chinesisch, arabisch, hebräisch oder altmongolisch Gedrucktes ließ ich aus, denn ich meinte, das, was ich suchte, dort nicht finden zu können.

Mehr pflichtbewußt und mechanisch, ohne die frühere Neugier, spielte ich mein Daumenkinospiel mit dem Band VI eines 1970 in Taschkent gedruckten sowjetischen Universallexikons und erstarrte, weil mir mit einem Male so war, als sei da ein M gewesen. Wieder war ich müde und das Licht spärlich, so daß ich glaubte, meine Sinne hätten mich genarrt. Aber ich ließ mich doch auf den nächsten Stuhl fallen und blätterte das Buch nun ganz gründlich durch. Tatsächlich, da, im oberen rechten Bereich der Seite hundertneunundsiebzig, mitten in den ausführlichen Informationen zu dem russischen Wort für Industrialisierung stand ein weißes, versales M, das, wäre es noch kleiner und dünner gewesen, möglicherweise sogar ich übersehen hätte. Ida, ich kann nicht ausdrücken, was ich in diesem Moment empfand. Ich untersuchte den Band jetzt mit allergrößter Sorgfalt und wurde belohnt. Auf Seite dreihundertzwölf gab es ein И, dem auf Seite fünfhundertvierzig das Р folgte.

Ja, Ida, der Gruß des unbekannten genialen Kollegen aus dem fernen Taschkent, der vielleicht am Krieg teilgenommen und mir im Graben gegenübergelegen hatte, so wie wir uns nun, allerdings Tausende Kilometer voneinander entfernt, in den Gassen gegenüberstanden, an mich, den alten Heinz Grünebaum, war das schönste Wort, das die Menschen kennen – in all ihren Sprachen und Schriften: МИР = FRIEDEN.

Ausgerechnet ein Usbeke oder ein nach Usbekistan verschlagener Russe sollte mein Erfinderkamerad sein!? Das erstaunte mich, wie ich zugeben muß, schon sehr. Und wie wollte ich den Verdacht verwerfen, daß die drei – über immerhin etwa sechshundert Seiten luftig verteilten – kyrillischen Zeichen vielleicht doch nur *das* waren, wonach sie, wenn sie es *nicht* waren, ja auch aussehen sollten, purer Zufall? Zumal mir gerade das Р arg zerfranst vorkam, und dieser Satz, nicht nur wegen des offensichtlich unbekümmerten Umgangs mit den Wortabständen, zum Schlechtesten gehörte, was mir je unter die Augen geraten war. – Auf einem Zettel notierte ich mir Lizenznummer, Erscheinungsjahr und -ort des Lexikons und ging mich erst einmal besaufen.

Süße Ida, ich komme zum Schluß meiner Beichte. Paschke war also weg, und wir, seine mittlerweile schon drei Setzer und der Drucker, von einem Tag zum anderen entlassen.
 Welche Perspektive hatte ich? Mutter, Mutter, Mutter und nochmals Mutter. Mutter, der ich nun ausgeliefert sein sollte bis zur letzten Sekunde ihres oder meines Rentnerlebens. Schon der Gedanke daran, daß ich fortan morgens Brötchen holen, mit ihr essen und mir stundenlang ihr zusammenhangloses Gejammer anhören müßte, stürzte mich in den Abgrund magmatiefer Schwermut. Nein, ich wollte los und ledig sein, jetzt oder nie. Aber wie hätte ich Mutter das beibringen sollen? Sie hätte nur eines verstanden, nämlich daß ich fort will, und mich mit dem Terror ihrer überzeugend gespielten Krampf- oder Schwächeanfälle zum Bleiben genötigt.

So beschloß ich, klammheimlich zu verschwinden, herauszufinden, was es mit МИР, diesem schönen, kurzen, russischen Wort auf sich hatte. Ich beantragte ein Touristenvisum in die UdSSR, hob die dreißigtausend Mark ab, die sich im Laufe der mietfrei bei Mutter verbrachten Jahre auf meinem Sparkonto angesammelt hatten, und packte im Morgengrauen das Allernötigste.

Am 14. August flog ich, da ich das Visum wunderbarerweise tatsächlich erhalten hatte, nach Moskau und von dort aus weiter zur Halbinsel Krim, wo mir, gemäß den Reiseunterlagen, für vier Urlaubswochen ein Hotelzimmer angewiesen war. Ich nutzte die Zeit und fand Aljoscha, einen besonnenen Abenteurer, der in Irkutsk Deutsch studiert hatte und mir für mein umgerubeltes Geld nicht nur den Dolmetscher gab, sondern auch einen falschen Paß beschaffte und mich nach Taschkent begleitete.

Ja, Ida, Aljoscha wurde mein Freund, der beste, den ich je hatte. Obwohl ich mittlerweile so gut wie pleite bin, leben wir noch immer zusammen, in dem kleinen Ort, aus dem Aljoscha stammt. Aber vielleicht werde ich demnächst sogar reich, denn Aljoscha, dem ich einiges, wenngleich nicht alles von mir erzählt habe, kennt einflußreiche Leute mit Interesse an neuen Konspirationstechniken. Mehr will ich Dir dazu nicht schreiben.

Das Rätsel um МИР konnten wir allerdings leider nicht lösen. Die Druckerei fanden wir wohl, und Aljoscha bekam auch heraus, welche drei Kollegen den Satz jenes Konversationslexikons besorgt hatten; doch zwei von denen waren bereits gestorben, an der »Russischen Krankheit«, wie die Trunksucht bei Aljoscha heißt. Den dritten, keinen Usbeken, sondern einen alten Russen namens Wladimir Jeremilkin, der nicht mehr arbeitete, besuchten wir im Hause seiner Mutter, die sehr robust wirkte und unserer dennoch irgendwie ähnelte. Jeremilkin hütete, seit einem zwei Jahre zuvor erlittenen Schlaganfall, gelähmt das Bett; er schien nicht zu hören, sprach nicht, schaute uns nicht einmal an. Seine Mutter nannte ihn »meinen kleinen Idioten«, sie meinte, daß er völlig hinüber sei, nichts als ein geschrumpfter, lauwarmer Körper, der bloß noch etwas Flüssigkeit zu sich nehmen und pinkeln könne, und daß wir vielleicht ein paar Kopeken dalassen, dann aber wieder verschwinden sollten. So machten wir es; ich war zufrieden.

Ach Ida, seit ich Mutter nicht mehr um mich weiß, bin ich ein anderer Mensch. Mein Zorn ist verraucht, das Leben hier einfach, aber schön. Der Setzkasten fehlt mir nicht, und ich komme nicht zurück.

Ade Ida, wir sehen einander gewiß nie wieder. Gönn mir mein bißchen Glück. Ich trinke viel Milch und habe das Rauchen aufgegeben. So der Himmel will, bleiben mir noch ein paar Jahre mit Aljoscha.

Ich schicke Dir, was übrig ist von meinem alten Leben, eine Klemmappe voll »Semper-Antiqua«, – und zwischen den schwarzen Wörtern des großen Thomas Mann spuken die weißen Flüche einer kleinen, gepeinigten Seele. Verwahr die Mappe gut oder vergrab sie im Garten. Laß Dich von Mutter nicht ärgern und such mich nicht.

Kleine Schwester, vergib und verzeih

    Deinem Bruder Heinz Grünebaum

P. S. Besorge Dir, falls Du ihn nicht schon gelesen hast, den *ganzen* »Zauberberg«. Fabelhafter Roman!

V

Der Regen trommelt gegen die Fensterscheibe. Ich begleite ihn mit all meinen Fingerspitzen auf einer dünnen, hölzernen Tischplatte, an der ich sitze – zwischen Yuccapalme, Tulpenstrauß und dem Telefon, das seit Mittag nicht mehr geklingelt hat.

Vor fünf Tagen bin ich aus Lübeck zurückgekehrt, richtiger von zwei Zugfahrten. Ich hatte meinen Freund Harry besuchen wollen, aber der war weder zum Bahnsteig gekommen noch in seiner Wohnung gewesen. Seither habe ich nichts von ihm gehört als wieder und wieder nur den Anrufbeantworter, der sich, Harrys Tonfall imitierend, »der anatomische Rufmordbefürworter« nennt.

Ich weiß nicht, was mit Harry ist, und vor allem weiß ich nicht, wo die fünf Kapitel »Zauberberg« sind.
    Gerne hätte ich Harry, der auch einmal Setzer war, die Klemmappe gezeigt. Ich hatte wissen wollen,

ob ihm etwas aufgefallen wäre, zuschauen wollen, wie er die Seiten umblätterte, und ihm, wenn er mich ratlos angeblickt und »ich seh' nichts« gemurmelt hätte, die Brille von der Nase genommen.

Doch Harry ist verschollen, und die Abzüge vom schon viel länger verschollenen Willi oder Heinz, der selbstverständlich weder so noch so heißt oder wohl eher hieß, denn er wäre jetzt siebenundachtzig Jahre alt, sind es auch. Ich kann mich nur daran erinnern, daß ich irgendwann, während der Rückreise, zum Bordrestaurant gegangen bin und daß die drei doppelten Kräuterschnäpse fast so bitter waren wie ich. Hatte ich die Mappe mitgenommen oder im Abteil gelassen, auf dem freien Platz neben meinem? Ich hatte etwa eine Stunde in ihr gelesen, nicht die Geheimschrift, deren Wortlaut ich ja schon kannte, sondern das vierte Kapitel des Romans. Nachdem ich meinen Platz im Abteil wiedergefunden hatte, war ich eingeschlafen. Erst als wir die Endstation erreichten, die glücklicherweise meine war, bin ich wieder aufgewacht und habe den Zug in aller Eile verlassen. Zu Hause merkte ich dann, daß die Mappe weg war. Ich habe das Fundbüro angerufen und eine Prämie versprochen, auch auf den Zetteln, die ich an die Kachelwände des Bahnhofs geklebt habe.

Die vom Fundbüro machten mir heute keine Hoffnung mehr. Wenn diese Klemmappe so simpel und geschunden aussehe, wie ich sie beschrieben habe, könnte sie tatsächlich in den Müll gewandert sein; ich müsse mich wohl damit abfinden, daß die Reinigungskräfte meine lumpige Mappe nicht für wertvoll gehalten hätten, sonst wäre sie ja bei ihnen im Büro gelandet. Aber viele Reisende würden gern allen möglichen liegengebliebenen Kram einstecken, einfach aus Neugier. Wäre es anders, hätten sie nicht so viele Anfragen und so wenige Fundsachen.

Der Regen trommelt gegen die Fensterscheibe, und ich frage mich, wer oder was wieder auftauchen wird, Harry oder die Mappe. Ich denke Harry. Doch falls unter den Menschen, die das hier lesen, einer ist, bei dem sich – wie auch immer sie dahin geraten sein mögen – meine aus der acht Punkt »Semper-Antiqua« gesetzten und auf einer Kniehebelpresse gedruckten vierhundertvierundvierzig Fahnen vom Zauberberg befinden, so soll er wissen, sie sind mir einiges wert. Sagen wir mal dreitausend – als Verhandlungsbasis?!

Katja Lange-Müller
Kasper Mauser –
Die Feigheit vorm Feind

Erzählung
Gebunden

Katja Lange-Müllers Erzählung *Kasper Mauser – Die Feigheit vorm Freund* ist eine Groteske der Entwurzelung in drei Stimmen: Rosa (im Osten lebend) und Anna (nach dem Osten im Westen lebend) und Amica, der vom Osten in den Westen wechselt und unter dem Namen Kasper Mauser vergeblich eine stumme Identität zu verteidigen sucht.

Katja Lange-Müller
Verfrühte Tierliebe

Gebunden

Ein Buch über die Einsamkeit des Erwachsenwerdens, über Macht und Ohnmacht zwischen Männern und Frauen, aber auch über ein Land, das es seit 1989 nicht mehr gibt.

Martin Hielscher (Hrsg.)
Wenn der Kater kommt

Neues Erzählen –
38 deutschsprachige Autorinnen und Autoren
Broschur

Die vorliegende Anthologie enthält neue Geschichten überwiegend jüngerer deutschsprachiger Autorinnen und Autoren, die von der Lust am Erzählen zeugen. Fast alle Erzählungen sind unveröffentlicht bzw. noch nicht in Buchform erschienen.

Altenburg, Bartsch, Beuse, Biller, Brumme, Duve, Eckert, Egge, Harms, Henning, Hensel, Herbst, Hotschnig, Kaminski, Kleeberg, Knapp, Koch, Kracht, Krausser, Kuckart, Längle, Langer, Lange-Müller, Leupold, Martin, Menasse, Müry, Nickel, Ohler, Oswald, Reber, Schertenleib, Schroeder, Schulze, Siebenrok, Spinnen, Trojanow, Walser.

Kathrin Schmidt
GO-IN DER BELLADONNEN

Gedichte
Gebunden

Geschichte und Geschlecht, Körper und die Codes unserer Erfahrung, ein Blick, der die Sprache zum »fremdwörterhaus« werden lässt, die »kleinhausordnung« der Kindheit: Das sind Themen, um die das Schreiben von Kathrin Schmidt kreist, nicht nur in ihrer Lyrik, aber dort werden die Modelle zunächst erprobt, mit Lakonie, Frechheit, Intellekt, aber auch nicht ohne Melancholie.

PT 2672 .A48 L48 2000

Lange-Muller, Katja, 1951-

Die Letzten

DATE DUE

			DEC 0 6 2005
		DEC 3 2002	
			Printed in USA

HIGHSMITH #45230

CANISIUS COLLEGE LIBRARY
BUFFALO, N.Y.